USA *TODAY* BESTSELLING AUTHOR

Dale Mayer

Brett, Légion d'honneur, tome 11
Beverly Dale Mayer
Valley Publishing Ltd.

Copyright © 2017

Traduit de l'anglais par Sarah Laurent et Valentin Translation

ISBN-13 : 978-1-778863-41-7
Format Print

Brett

Les mers mouvementées du grand large, les énigmes qui traversent les frontières, le tout entrelacé dans les défis ordinaires de retrouvailles avec des êtres chers… Sauver des otages piégés à bord d'un yacht en plein milieu de l'océan, c'est une mission habituelle pour un SEAL d'élite tel que Brett. Mais lorsque l'un de ces otages s'avère être son ex-petite amie, Ceci, accompagnée de ses enfants, cette routine bien établie prend une tournure pour le moins déconcertante. D'autant plus, qu'aujourd'hui, Ceci est de nouveau célibataire…

Après leur rupture, il y a quelques années, Ceci a vécu une histoire passionnée. Dorénavant veuve, elle élève seule ses deux enfants. Cependant sa décision de rester célibataire, à l'abri d'un nouveau cœur brisé, semble s'éloigner à grands pas lorsqu'elle se retrouve face à son sauveur — Brett, l'homme qu'elle n'a jamais pu oublier. Désormais, les mots « à l'abri » ne sont plus d'actualité… ni dans la vie, ni dans l'amour.

Inscrivez-vous ici pour être informés de toutes les nouveautés de Dale !

https://geni.us/DaleNews

CHAPITRE 1

L A TÊTE DE Brett Chapman perça la surface de l'eau. Levant la main, il toucha le côté lisse du yacht. Il se déplaçait silencieusement dans la nuit, l'eau ondulant autour de son corps, et il atteignit l'échelle du pont inférieur de l'un des yachts les plus sophistiqués au monde. Malheureusement, le *Million Dollar Baby* avait des ennuis. De gros ennuis.

Le yacht avait été arraisonné par des pirates et les passagers et l'équipage étaient retenus en otage. Le capitaine avait réussi à envoyer un signal de détresse avant l'abordage. L'unité de Brett avait été appelée très vite après. Il connaissait plusieurs des invités. Sa mère s'était mariée dix-huit ans auparavant dans une riche et turbulente famille grecque. Depuis, sa vie à lui n'avait plus jamais été la même. Ils n'avaient été que tous les deux jusque-là et, désormais, il lui semblait qu'il avait des centaines de parents. Tout comme ils les avaient adoptés sa mère et lui, elle les avait tous adoptés en retour.

D'après les renseignements, plusieurs membres de sa famille élargie se trouvaient à bord.

Avec un peu de chance, sa mère n'avait pas encore entendu la nouvelle. Sinon, ça allait barder.

Brett s'était embarqué quelques heures après le signal de détresse. Jusqu'à présent, l'inconnue était l'identité de celui qui était derrière les pirates – s'il y avait quelqu'un. Cette zone le long de la côte africaine avait connu tellement de troubles récemment, avec des attaques du même genre. Ça s'était quelque peu calmé ces derniers mois, mais le capitaine n'avait pas à amener le bateau dans cette zone au vu des récents dangers.

Brett monta l'échelle pour atteindre le pont inférieur. C'était l'un des plus grands modèles qu'il ait jamais vus. Le pont offrait une aire ouverte sur l'océan. Il supposait que c'était une sorte de mesure de sécurité qui fermait cette zone en cas de tempête.

Des lumières brillaient faiblement sur les parois du pont. Il était désert lui aussi. Ensuite sur sa liste de recherches à mener se trouvait la salle des machines. Il n'avait vu personne jusqu'à présent – ni équipage ni pirates. Ça lui prit quelques minutes pour atteindre sa destination. Il scruta rapidement la salle rutilante et s'aperçut qu'il faudrait un ingénieur pour gérer ce système dernier cri et qu'aucun des pirates n'était susceptible d'être aussi avancé en technologie – du moins il l'espérait. Avec un peu de chance, l'équipage était toujours en vie et capable de gérer n'importe quel problème sur le yacht.

Se servant des plans qu'il avait mémorisés, Brett se déplaça rapidement d'un pont à l'autre. Chaque fois qu'il avait sécurisé un niveau, il mettait son équipe au courant. Il devait retrouver Chase dans quatre minutes, sur un pont supérieur. En arrivant au troisième étage, il comprit que ces salles plus petites étaient probablement les quartiers de l'équipage. Il passa rapidement les chambres en revue. Les trois premières étaient vides et, en approchant de la quatrième, il entendit un bruit qui figea son cœur.

Les cris de détresse d'un enfant.

Il voulut ouvrir la porte mais elle était fermée à clé de l'intérieur. Il frappa une fois, puis encore deux fois. La porte s'entrouvrit à peine pour montrer le visage terrifié d'une femme. Il la repoussa et se glissa dans la chambre, hors de vue. Il ravala un cri de surprise.

Deux très jeunes enfants s'agrippaient aux jambes de la femme. Il connaissait leur existence mais ne les avait pas encore rencontrés. Et il savait exactement leur âge. Le garçon, Jimmy, avait quatre ans et la fille, Jennifer, presque deux.

Ceci, leur mère, appartenait à une branche éloignée de cette famille élargie qu'avait épousée la mère de Brett. Et c'était la seule femme qu'il avait jamais aimée.

Comme il portait son équipement de camouflage, il savait qu'elle ne le reconnaîtrait pas. Et elle devait être terrifiée par les armes qu'il portait.

Il se mit un doigt sur la bouche.

— Ça va aller, Ceci. C'est moi, Brett. Tu dois rester ici avec les enfants, aussi silencieusement que possible.

Elle hoqueta sous le choc puis son visage s'éclaira de soulagement et de joie.

Il s'accroupit à côté du garçon.

— Jimmy, tu dois être très, très silencieux jusqu'à ce que je revienne et vous aide, toi, ta maman et ta sœur, à quitter le bateau, d'accord ?

Le petit garçon renifla, les yeux écarquillés, la lèvre inférieure toute tremblante. Puis il se redressa et acquiesça. Bien. Il y eut un seul coup à la porte, Brett alla vite jusqu'au seuil puis, sans ajouter un mot, il se glissa dans le couloir où l'attendait Chase. Ils s'éloignèrent et Chase le briefa.

— Douze ennemis sur le pont supérieur au-dessus de nous. Tous les otages sont avec eux.

— Des armes ?

— Des mitraillettes et des grenades. Quelques pistolets. Rien d'important.

Brett ricana. Ça en disait long sur le genre de travail qu'ils faisaient pour que ces armes ne soient pas considérées comme importantes.

Mais c'étaient de bonnes nouvelles. Il n'aimait vraiment pas faire face à des lance-roquettes. Tous les criminels semblaient avoir accès à l'équipement le plus récent et le plus impressionnant. Dans un espace confiné comme celui-ci, c'était la cata assurée. Tout comme les grenades, d'ailleurs.

En silence, il se dirigea vers la passerelle principale et grimpa lentement jusqu'à un palier. Quand ça éclaterait, ça irait vite. Il leur faudrait descendre autant d'ennemis que possible, et pour augmenter leurs chances, la discrétion était primordiale.

Trop d'hommes armés et trop d'affolés de la gâchette.

Et trop d'innocents qui risquaient d'être blessés.

Cachés par l'obscurité, ils se progressèrent lentement dans le bateau. Au moment où ils atteignaient le pont suivant, des coups de feu explosèrent de l'autre côté.

Ils se précipitèrent vers la poupe du bateau et le bruit de riposte armée. Alors qu'ils s'approchaient, un groupe de passagers se rua vers eux en bas de l'escalier en hurlant.

— Emmène-les hors du yacht, cria Chase à Brett.

Ils échangèrent un rapide coup d'œil. La fusillade devenait maintenant intense et implacable, et ils se séparèrent. Chase alla les aider tandis que Brett faisait descendre les passagers vers les canots de sauvetage.

Dès qu'il les eut confiés à l'équipage, celui-ci prit le relais, ce qui laissa Brett libre de se précipiter là où il avait trouvé Ceci et les enfants.

Il tapa à la porte.

— Ceci, c'est moi, ouvre.

Un coup de feu traversa la porte, manquant de peu sa tête.

— Merde.

Il n'avait pas le temps pour ce genre de truc. Il recula, se mit sur le côté et y donna un puissant coup de pied, ouvrant ainsi la porte. Des balles sifflèrent à travers la porte ouverte. Mais Brett était déjà au sol et ajustait son tir. Le tireur était devant Ceci. Les enfants dans les bras, elle se blottissait derrière lui. Parfait pour tirer… Il fit tomber le tueur par terre, le front percé d'une balle.

— Ceci, allons-y, fit Brett en sautant sur ses pieds.

Il prit Jimmy dans ses bras et fit passer la porte à Ceci avec Jennifer serrée dans les siens, puis se rua vers les canots.

La fusillade s'était arrêtée.

Un silence sinistre après tout ce bruit.

Il savait que ça pouvait être très bon comme très mauvais signe. Il transféra les enfants dans les bras tendus de l'équipage et, jetant un coup d'œil à Ceci, remarqua la panique et la peur dans ses yeux.

— Vous serez en sécurité ici, lui fit-il.

C'était ce qu'il espérait.

Il remonta en courant. Au moment où il allait gravir les dernières marches, il aperçut un ennemi caché sous le coin d'un des canots, son arme visant la tête de Mason.

Brett n'hésita pas un instant. Il appuya sur la détente. Le pirate s'affala.

Mason se retourna, arme à la main, prêt à viser en cas de nouvelle menace, vit Brett, le pirate et fit un petit geste de la tête.

— On est en sécurité ? demanda Brett en se glissant vers

Mason.

— Pas encore, murmura Mason, on attend Hawk.

Chase fronça les sourcils. Pas bon, ça. Ça voulait dire…
Il recula dans sa cachette. Ils n'attendirent pas longtemps.
Deux pirates s'avancèrent avec Hawk au milieu du pont, le
poussant en avant avec des armes semi-automatiques.

Les pirates se mirent à hurler vers les SEAL.

Chase ne comprit pas leurs paroles – il ne connaissait pas
cette langue. Mais l'idée générale n'était pas difficile à saisir.
Ils pouvaient tous aller au diable et s'ils ne le faisaient pas
assez vite, eux allaient tuer Hawk.

Hors de question. Brett vit dans sa tête les plans du bateau et se rendit compte que du niveau inférieur partait un
escalier qui remontait sur le côté opposé aux pirates. Et s'il
pouvait y parvenir assez vite, il leur tomberait dessus. Il
descendit rapidement les marches, traversa le pont et se
faufila en haut. De son nouveau poste d'observation, il vit
que son unité tenait les ennemis en joue. Ces types s'en
fichaient. Ils avaient prévu de tuer Hawk et de mourir dans
un déluge de feu, s'imaginant que leurs vies étaient déjà
perdues.

Brett se prépara à tirer, attendant une occasion. Le deuxième homme baissa à peine son arme – mais ça suffit. Hawk
n'était plus dans la ligne de mire. Des coups résonnèrent et le
premier homme tomba. Brett ira sur le deuxième.

En entendant les coups de feu derrière lui, Hawk se
tourna.

— Merci.

— Quand tu veux, fit Brett en souriant.

Ils passèrent tous les ponts au crible mais ne débusquè-
rent pas d'autre tueur. Sur ce, tous les otages furent libérés
sur le yacht et les pirates morts amenés aux canots. En ce qui

le concernait, les pirates pouvaient aller nourrir les requins. Une chance que ce ne soit pas à lui de décider.

Il s'inquiétait pour Ceci. Il se dirigea vers les canots de sauvetage pour la trouver.

— Elle ne veut pas remonter sur le yacht, fit un des hommes. Et jusqu'à présent, elle a refusé qu'on l'examine.

Brett alla s'asseoir à côté d'elle et des enfants qui avaient tous les deux le visage enfoui contre elle et qu'elle tenait serrés chacun dans un bras. Il s'assit et lui frotta gentiment l'épaule.

— Ceci, ça va ?

Elle hocha la tête, les yeux écarquillés, muette.

— Ça va aller. On les a tous eus.

— Bien, murmura-t-elle, baissant les yeux sur Jimmy qui avait levé la tête pour fixer Brett.

— Vous les avez tués ? demanda-t-il. Vous avez tué les méchants ?

— Tous les méchants sont partis, opina Brett. Ils ne peuvent plus vous faire du mal.

Pas besoin que Jimmy apprenne les détails – simplement que les vilains ne reviendraient jamais.

— Pourquoi ne veux-tu pas retourner sur le yacht ? demanda-t-il à Ceci.

— Je ne veux pas retourner sur ce truc – ou quoi que ce soit qui y ressemble—, plus jamais, fit-elle en frissonnant. Tu ne sais pas comment c'était. Les menaces qu'ils ont prononcées.

Ses bras serrèrent les deux enfants et les rapprochèrent encore d'elle.

— Ils ont fait mal aux enfants ? demanda Brett en regardant le petit garçon.

— Il m'a poussé, répondit Jimmy, la bouche tremblante.

— Les vilains ne te feront plus de mal, répéta Brett en lui caressant doucement la joue.

— Je m'appelle Jimmy, fit l'enfant en hochant la tête.

— Et moi, c'est Brett, fit celui-ci en lui tendant la main. J'ai connu ta maman il y a quelques années.

— Tu es un des gentils ? fit Jimmy, tout souriant.

La petite fille à côté de lui sortit la tête de l'épaule de sa maman pour fixer Brett.

— Salut, fit-elle et, le mot à peine dit, elle se mit à sucer son pouce.

Brett sentit son cœur fondre.

— Oui, je suis vraiment un des gentils. Plus de méchants ici, maintenant.

Il s'accroupit et repoussa une boucle blonde du visage de la petite.

— Salut aussi, toi.

Elle sortit son pouce et sourit de toutes ses quenottes tout en essayant de se tenir debout sur le genou de sa mère. Ceci la serra fort.

— Comment t'es-tu retrouvée sur le yacht ? demanda Brett.

— On était censés y passer quelques jours seulement pour changer d'air, expliqua-t-elle avec un geste vague de la main. Pour faire une pause. Avoir des vacances.

— Tu connais tous ces gens ?

— Non, fit-elle avec un soupçon de résignation dans la voix. Mais Jason Turner venait. Et il pouvait amener quelqu'un ; alors, il m'a demandé de l'accompagner.

Ça avait du sens. Jason Turner faisait partie de la famille élargie de Ceci, et donc de Brett. Il lui semblait aussi que Jason avait peut-être été le meilleur ami de Jimmy Senior. Mais Jimmy avait été tué en Irak, quelques années auparavant. En regardant la petite fille, il comprit qu'il n'avait probablement jamais eu l'occasion de voir sa propre fille.

— Ils sont magnifiques, fit-il. Jimmy serait tellement fier de toi et d'eux !

Les yeux de Ceci s'emplirent de larmes, sa lèvre inférieure tremblait tout à fait comme celle de ses enfants.

— Oh, je ne crois pas, murmura-t-elle. Je les ai mis en danger. Comment pourrais-je en être fière ?

— Ce n'est pas ta faute, répondit-il. Je ne sais pas pourquoi le yacht naviguait dans ces eaux ni comment il a attiré l'attention des pirates mais un yacht, c'est beaucoup d'argent et les pirates sont désespérés. En tout cas, c'est fini. Vous pouvez tous rentrer chez vous et reprendre une vie normale.

— Grâce à toi, fit-elle en lui adressant un sourire vague.

— Pas seulement moi, fit-il en se redressant pour regarder l'énorme yacht. Je fais partie d'une équipe.

— Remercie ton équipe pour moi, d'accord ?

Il sauta sur le yacht, se retourna et agita le bras.

— Sans faute. Prends soin de ces gamins et de toi.

Le Zodiac dans lequel elle était assise s'éloigna lentement et se dirigea vers la rive. À bord, se trouvaient un passager blessé et Ceci avec ses enfants. Tandis qu'il regardait les remous du sillage strier les flots, il se demanda s'il reverrait un jour Ceci.

CHAPITRE 2

— MAMAN, EST-CE que je peux sortir ?

— Pas tout de suite, Jimmy. Nous irons plus tard.

Mensonge.

Ceci resta plantée là, fixant intensément son fils, se demandant ce qu'il était advenu de sa vie. S'éloigner du yacht avait semblé être un événement bouleversant, jusqu'à ce que tout le monde réalise que son passeport et ceux de ses enfants manquaient, tout comme son portefeuille. Elle résidait donc actuellement à l'Ambassade des États-Unis, en Somalie, où l'équipage du navire de secours l'avait conduite, en attendant que ses nouveaux papiers soient prêts. Le passager blessé sur le yacht avait été, quant à lui, emmené à l'hôpital.

En attendant que ces fichus documents puissent enfin être traités, elle était coincée ici. Qui aurait pu prévoir de tels retards ? Jason l'avait appelée à plusieurs reprises pour prendre de ses nouvelles. Il avait fait preuve à la fois de prévenance et d'insistance. Il se comportait comme s'il avait nourri des attentes particulières et, ayant raté une opportunité, cherchait à en obtenir davantage. Ce n'était qu'à travers ces appels téléphoniques qu'elle avait réalisé à quel point elle avait mal interprété la situation. Elle n'était pas intéressée. Pas de cette manière. Pas avec lui.

C'est alors que Jimmy se mit à pleurer.

— Je te promets que nous sortirons dans quelques minutes.

Elle avait répété cela maintes et maintes fois. Tellement souvent qu'il n'y croyait plus. En même temps, elle n'était pas une bonne menteuse. Elle était encore moins douée pour dire non. Jason en était l'exemple parfait : il ne comprenait toujours pas. Ce n'était pas juste de sa part de ne pas vouloir être avec lui à cause de ce qu'il s'était passé avec les pirates, mais c'était la dernière chose dont elle voulait se souvenir. En même temps, elle ne l'avait pas encouragé à penser que leur relation prenait cette direction. Elle l'appréciait bien, mais seulement en tant qu'ami. Elle grimaça. Cette phrase le contrarierait.

Elle avait épousé un soldat, se pensant pleinement préparée à ce qu'il parte au combat et ne revienne peut-être pas, un jour. Ce n'était que lorsqu'elle avait perdu Jimmy qu'elle avait réalisé qu'en réalité, elle ne l'était pas du tout. Elle n'avait jamais réellement réalisé ce que signifierait la vie sans lui. La dévastation émotionnelle, pour elle, pour leurs enfants, bien sûr, mais aussi, les responsabilités financières qui en découlaient.

Les pirates venaient juste de raviver tout ça. Pire encore, ils avaient mis ses enfants en danger. Et d'une manière ou d'une autre, elle en tenait Jason pour responsable. Dans sa tête, elle savait que c'était injuste. Ça n'avait aucun sens. Il avait essayé de l'aider, espérant lui offrir un peu de répit. Elle était tellement excitée à l'idée d'aller passer quelque temps sur un yacht. Pourquoi diable avait-elle supposé qu'ils passeraient une agréable semaine loin de toute implication romantique ? Elle avait désespérément besoin de s'amuser un peu. Lorsque l'occasion s'était présentée, elle avait sauté dessus. Quelle idiote elle faisait.

Maintenant, il lui était même difficile de sortir de ces

très belles habitations pour se promener autour de la propriété soi-disant sécurisée. Elle ne voulait pas être là. Ses enfants ne voulaient pas être là.

Ici, il lui était de plus en plus délicat de dissimuler ses angoisses. Toute la famille bien intentionnée affluait dans son espace mental, lui demandant pourquoi elle ne profitait pas de l'expérience. Très bientôt, elle allait devoir admettre qu'elle avait peur de sortir. Et pourtant, elle se trouvait à l'Ambassade des États-Unis – aussi en sécurité qu'elle pouvait l'être.

Pourquoi ne réussissait-elle pas adopter une autre attitude ? Ne devrait-elle pas profiter de chaque jour ? De cette seconde chance ? Tout s'était passé si vite. Maintenant, elle se trouvait à scruter chaque recoin à la recherche du danger latent.

Et puis il y avait Brett.

En le revoyant, toute une flopée d'émotions contradictoires avaient ressurgi. Ils avaient été ensemble autrefois. Il y a des années… Elle avait mis fin à leur relation. Après, elle avait fréquenté plusieurs autres hommes avant de rencontrer Jimmy et de l'épouser.

Mais Brett restait son premier amour.

Elle s'assit dans le salon, les enfants à ses pieds jouant avec des Lego, se demandant comment sa vie avait pu si mal tourner. Brett représentait un moment douloureux dans son passé, même si elle ne le ressentait pas en ce moment. Elle avait regretté leur rupture peu après. Il y avait eu une part de désespoir dans ses actes quand elle s'était mise en couple avec Jimmy. Comme si elle avait eu peur que la vie lui échappe, que tous les gentils garçons aient disparu. Ridicule – elle n'avait même pas encore trente ans.

Quand elle avait rencontré Jimmy, sa vie avait changé.

Elle savait qu'il était exactement ce qu'elle voulait. Aujourd'hui, en y repensant, elle avait conscience qu'elle ne le voulait pas tant lui que la promesse d'une vie stable.

Et maintenant ?

Elle était veuve avec deux enfants. Brett semblait être le même qu'il avait toujours été. En fait, il était encore mieux. Il émanait de lui maintenant une aura dangereuse, diablement séduisante. Et il avait déjà fait forte impression. Dommage qu'elle ait perdu sa silhouette de top model après avoir eu ses enfants. Elle ne regrettait jamais leurs venues au monde. Même si par moments, il lui était difficile de se percevoir comme une femme sexy et non plus seulement comme une mère.

Elle s'appuya contre le canapé et ferma les yeux. Elle ne désirait que dormir, s'échapper du monde. À cet instant, le téléphone sonna. Une sonnerie insistante qu'elle ne pouvait ignorer.

Elle ne voulait pas répondre, la sonnerie ne cessa pas.

— Maman, le téléphone, dit Jimmy en s'appuyant contre son genou, la fixant avec une inquiétude perceptible.

Elle se pencha et le prit dans ses bras, le serrant fort.

— Je sais, chéri. C'est probablement encore un journaliste. Je ne veux plus avoir affaire à eux.

C'était toujours son excuse.

— Les journalistes, c'est dégoûtant, dit-il.

Elle le laissa se blottir contre elle encore une seconde avant qu'il ne se tortille, s'échappant de ses bras, pour retourner à ses Lego.

Si seulement sa vie était aussi simple.

Elle s'assit par terre pour l'aider à construire un camion.

Un coup sec à la porte interrompit le havre idyllique qu'elle avait créé. Le bruit soudain déclencha des ondes de choc à travers son corps, les enfants se mirent immédiatement à pleurer. Leur réaction était plus due à sa propre angoisse qu'à la présence de l'invité.

— Ce n'est rien, les enfants. C'est l'heure du goûter.

Presque aussitôt, les larmes séchèrent et les enfants se précipitèrent vers la porte. Elle faisait livrer leurs repas dans leur chambre depuis le premier jour. Les enfants connaissaient bien le système.

Elle se sentait un peu coupable, car elle n'avait rien commandé. Mais si cela les empêchait d'avoir peur, elle n'était pas contre quelques petits mensonges.

Elle regarda par le judas et se figea. C'était Brett.

Troublée, son front heurta la porte.

— Ouvre la porte, Ceci.

Son ton était calme, doux, déterminé.

Mince. Il ne la laisserait jamais se sortir de cette situation. Elle ouvrit la porte.

— Que fais-tu ici ?

— Combien de temps pensais-tu pouvoir te cacher ? lui demanda-t-il, son regard l'évaluant soigneusement.

Elle le regarda avec perplexité. Ne sachant pas exactement comment il l'avait trouvée, elle dit prudemment :

— Je ne me cache pas du tout.

— Ma mère a téléphoné.

C'est tout ce qu'il dit. Il se pencha contre le chambranle de la porte et croisa les bras sur sa poitrine, apparemment peu préoccupé par la tourmente dans son cœur.

— Ta mère ?

Bon sang, cette femme. C'était la femme la plus attentionnée, la plus aimante et la plus intrusive que Ceci ait jamais rencontrée. Elle était déterminée à manipuler la famille, même élargie, aussi loin qu'elle pouvait l'atteindre.

Elle ne comprenait pas les limites. Elle passait par-dessus chacune comme si elles n'existaient pas. Surtout si elle considérait que c'était pour votre bien.

— Ça a dû te faire du bien de lui parler.

Brett entra. Elle le fixa d'un regard noir.

— Tu pourrais attendre d'être invité.

— Ça ne serait jamais arrivé.

Il s'arrêta et regarda le tas de Lego, puis les deux petits enfants enroulés autour de ses jambes. Elle le regarda s'asseoir immédiatement en tailleur et, d'une voix calme et douce, dire :

— Salut les enfants, vous vous souvenez de moi ? Je ne porte pas ma tenue de camouflage aujourd'hui, mais je suis l'homme qui vous a emmenés jusqu'au bateau.

Le visage de Jimmy s'éclaira prudemment. Le pouce de Jennifer alla immédiatement dans sa bouche.

— Je suis l'un des gentils, vous vous souvenez ? dit Brett avec un sourire spontané.

Jennifer lui sourit. Le pouce sortit de sa bouche et elle se dirigea lentement vers lui, les bras tendus. Il la souleva et lui fit un câlin rapide. Puis il la posa sur un genou. Jimmy accourut et s'assit de l'autre côté.

Ceci observa avec étonnement leur acceptation si naturelle de cet étranger parmi eux.

Brett sourit à Jimmy.

— Je suis venu voir si vous alliez bien.

— On veut aller dehors, dit Jimmy d'une voix tremblante, sans réaliser qu'il venait d'ouvrir en grand les vannes d'un barrage.

— C'est une excellente idée. Je suis sûr que ta mère t'a montré l'aire de jeux dans le jardin. Peut-être que nous pouvons y aller ? dit-il en relevant son regard vers Ceci.

Immédiatement, elle croisa les bras sur sa poitrine et commença à mordiller sa lèvre inférieure. Elle espérait rester au calme encore un peu.

Jennifer secoua la tête.

— Maman dit non.

Brett déplia ses jambes et se leva avec les deux enfants dans les bras. Ils poussèrent tous les deux des cris aigus et s'accrochèrent à lui.

— Eh bien, je pense que nous pouvons régler ça tout de suite, dit-il en riant.

Mais il y avait une note d'acier dans sa voix et elle…

Elle n'osait pas relever son regard. Elle n'en était pas capable.

— Ceci, attrapons des chaussures et des manteaux et emmenons les enfants dans l'aire de jeux.

Les deux petits poussèrent des cris de joie et essayèrent de se débattre dans ses bras. Il les posa par terre et ils se précipitèrent pour prendre leurs équipements.

Ceci secoua la tête dans un désespoir silencieux et dit :

— Non, pas aujourd'hui.

— Ni aucun autre jour ?

Brett se tint devant elle. Elle comprit qu'elle ne pouvait pas lui mentir. Il était déterminé à la pousser à sortir.

Que sa mère aille au diable !

Ne tenant absolument pas compte de la volonté de Ceci, il habilla les enfants en un rien de temps et les fit se tenir prêts devant la porte d'entrée. Lorsqu'elle protesta, il posa un doigt sur ses lèvres et l'aida à enfiler un gilet. Il ouvrit la porte de la suite, attrapa une paire de chaussures sans lacets et les posa devant elle.

— Mets-les.

Il se tint impassible devant elle. Pas de menace, mais une

volonté absolue qu'elle fasse ce qu'il désirait.

Tremblante, elle enfila les chaussures et se tint devant eux. Il ne la porterait pas jusqu'à l'extérieur.

Et il n'y avait aucun autre moyen pour qu'elle sorte.

BRETT N'AVAIT AUCUNE idée de ce qu'il se passait dans la tête de Ceci, mais il était évident qu'elle avait développé une terreur face au monde extérieur. Cela devait cesser immédiatement. Ce n'était pas sain, ni pour elle, ni pour ses enfants. Elle n'était visiblement pas remise de l'accident.

— C'est pour les enfants, dit-il, observant la rigidité quitter son corps frêle. Ils ont besoin d'air frais. Ils ne peuvent pas rester enfermés tout le temps, peu importe ce que toi tu veux.

Elle ne luttait pas vraiment contre le fait de sortir, mais elle n'approuvait pas non plus pleinement. Il la poussa dans le couloir, prit la poussette qu'il avait trouvée dans le placard et y installa Jennifer avant de l'attacher. Passant son bras sous celui de Ceci, il marcha avec eux vers le parc.

Qu'elle le veuille ou non, ils sortaient.

À côté de lui, Ceci marchait comme un robot, ne voyant rien autour d'elle, le regard fixe. Elle ne retira pas son bras du sien, mais elle ne le maintenait pas non plus vraiment.

Qu'elle le déteste ou non, ce n'était pas le problème pour l'instant. Elle devait sortir de cette prison qu'elle s'était créée.

— Des nouvelles des passeports ?

Elle secoua la tête.

— Non, marmonna-t-elle. Je n'aurais jamais cru rester coincée une semaine à l'ambassade.

Au moins, elle lui parlait.

— Ce ne sera plus très long.

— Alors, où sont-ils ? demanda-t-elle. Jason et les autres sont bien rentrés aux États-Unis, sains et saufs.

— Tu as laissé tes papiers sur le navire. Est-ce que quelqu'un a essayé de les retrouver ?

— Les pirates ont pris mon sac à main. Aucune idée de ce qu'ils ont pu en faire ensuite.

Elle secoua la tête.

— C'est juste une série de malentendus.

Elle se tourna pour le fixer.

— Et il n'y a rien de drôle là-dedans.

— Il y a un problème avec les papiers des enfants, dit-il. J'ai discuté avec quelques personnes que je connais à l'ambassade. C'est ce qu'ils essaient de régler.

— C'est le même discours pourri que j'ai eu en essayant d'obtenir des indemnités après le décès de Jimmy.

Elle haussa les épaules.

— Je pense que les gouvernements aiment compliquer les choses.

— Tu as quitté le pays sans rien pour prouver que les enfants étaient bien les tiens.

— Ça ne m'est même pas venu à l'esprit. Ils ont dit que je n'avais besoin que de nos passeports. Je les avais.

— Jimmy est-il mentionné en tant que père sur les actes de naissance ?

— Il est mentionné sur les documents que j'ai envoyés. Je n'ai jamais obtenu de copies de leurs actes de naissance, donc je ne sais pas.

Elle haussa les épaules.

— Qui aurait cru qu'une chose si simple pourrait être finalement si compliquée.

— Ils ne doutent pas que les enfants soient les tiens ni que tu sois une citoyenne américaine, car ils peuvent prouver cette partie, mais ils ont besoin d'une trace écrite. Ils accélèrent les démarches au maximum.

Elle renifla.

— Ils accélèrent ? Je te rappelle que je suis déjà ici depuis une semaine.

— Le retard est en partie dû au jour férié. Aux deux, en fait. Un dans chaque pays. Tout le monde ne vit pas selon ton horaire.

— Je veux juste rentrer chez moi, marmonna-t-elle.

— Ce n'est que quelques jours de plus.

— Si tu le dis.

Il lui jeta un coup d'œil et la vit de nouveau en train de mordiller sa lèvre inférieure. Il leva la main et passa doucement son doigt dessus.

— Arrête, la réprimanda-t-il tendrement. Tu vas te faire mal.

Elle lui lança un regard fermé et se dirigea vers le banc dans le coin, au fond du jardin. Ils étaient toujours dans l'enceinte sécurisée. Ils étaient même sur le sol américain ici. Elle était à l'abri.

— Tu pourrais essayer de voir le bon côté des choses. Te rendre compte que tu es en sécurité, que tout cela ne fait que démontrer l'incapacité de la bureaucratie gouvernementale.

— Je sais.

Elle regarda les enfants s'en donner à cœur joie dans le bac à sable.

— Mais ça me fait me sentir encore plus mal. Je ne me sens pas en sécurité ici. J'ai l'impression que quelque chose d'autre va se produire, que cela pourrait être encore pire. Même si j'ai échappé aux pirates, ce n'est toujours pas fini, je ne suis pas chez moi.

— C'est sûr, mais c'est l'aventure.

Elle lui lança un regard fulminant.

Il sourit.

— Combien de vacances as-tu pris depuis la naissance des enfants ?

Elle émit un petit rire méprisant.

— Les vacances sur le yacht devaient être les premières.

— Alors profite au maximum. Il pourrait s'écouler des années avant que tu aies de nouveau l'occasion de voyager à l'étranger.

— Être coincée dans une ambassade américaine ? Bloquée jusqu'à ce qu'ils aient finalisé mes papiers, ce n'est pas ma vision de vacances, dit-elle d'un ton sec.

— Écoute, je comprends. Tu es en colère, frustrée et probablement encore traumatisée par l'épisode avec les pirates. Mais ce n'est pas si mal, dit-il en souriant. Tu n'es pas en danger, vos passeports seront prêts dans un jour ou deux. Alors, pense aux enfants et fais quelque chose de sympa pour eux.

Sous son regard furieux et son silence épais, il réalisa qu'il n'aurait pas dû ouvrir la bouche. Mais il n'avait jamais été du genre à se retenir.

— Écoute, je suis désolé. Je comprends que ce n'est pas simple. J'ai énormément voyagé. Donc, peut-être que c'est plus facile pour moi, mais pourquoi ne profites-tu pas du temps que tu as ici ?

— Parce que j'ai peur, chuchota-t-elle.

Elle baissa la tête.

— Et qu'est-ce que ça révèle sur moi ?

Elle éclata d'un rire douloureux.

— Tout le temps où j'ai été mariée avec Jimmy, j'ai voulu voyager. Je voulais parcourir le monde. Finalement, dès que j'ai eu l'opportunité de le faire, sans lui, ça a été l'enfer.

C'était l'un de nos problèmes. Ensuite je l'ai perdu. Et maintenant, tout ce à quoi je réussis à penser, c'est que j'étais dans l'ignorance, que j'ai dû rendre sa vie misérable. Voyager n'est pas ce que tout le monde prétend. Je veux juste rentrer chez moi.

— Tu te sens coupable ?

Il tendit la main et entrelaça ses doigts aux siens.

— Jimmy est parti. Tu ne peux pas changer ça. Et je doute qu'il t'aurait blâmée.

Elle fixa leurs doigts et les serra, fort.

— As-tu déjà pris une décision dans le feu de l'action pour ensuite ne faire que regarder en arrière et le regretter ?

Un étrange silence s'installa. Puis d'une voix rauque, il dit :

— Absolument.

CHAPITRE 3

ELLE L'OBSERVA ATTENTIVEMENT.

— Quelle décision regrettes-tu ?

Il resta silencieux, un petit sourire au coin des lèvres.

— À toi de commencer.

Pourquoi ne s'était-elle pas tu ? Elle secoua la tête et marmonna :

— Je ne peux pas te le dire. Pas encore.

— Je comprends. Nous avons tous droit à nos secrets.

Un doux silence s'installa entre eux. Comme s'ils s'étaient approchés d'un gouffre, comme si un pont avait été construit au-dessus, comme si aucun d'eux n'était parvenu à l'autre extrémité. Ceci inclina la tête vers le soleil, laissant ses chauds rayons l'apaiser. C'était stupide qu'un incident survenu il y a une semaine puisse encore nuire si profondément à sa tranquillité d'esprit. Mais cela avait fait remonter de vieux traumatismes à la surface. Ceux qu'elle pensait avoir déjà affrontés. Était-ce un stress post-traumatique ? Sûrement, ce seul évènement ne devrait pas ruiner sa vie à ce point.

— C'est comme si j'étais encore en danger.

L'autre main de Brett s'étendit et recouvrit la sienne. Elle baissa les yeux pour voir ses doigts tenant si fort sa main que ses jointures en étaient blanches. Immédiatement, elle essaya de les relâcher.

— Est-ce parce que tu n'as pas vu les tireurs après qu'ils ont été tués ? Est-ce parce que tu n'as pas pu t'assurer qu'ils ne pouvaient pas te poursuivre ? demanda-t-il doucement. Ou est-ce parce que tu n'es pas restée sur le yacht comme tous les autres ? Chacun doit trouver sa propre manière de faire son deuil. Qu'est-ce qu'il te faudrait ?

— Si je le savais, je le ferais, dit-elle d'un ton irrité. Désolée. Je ne voulais pas être aussi cinglante.

Elle sentit le regard de Brett sur son visage.

— Tu admets que le danger est fini. Que tu es loin du bateau. Loin des tireurs… et pourtant, tu te caches toujours.

— Tu crois que je ne m'en rends pas compte ? s'exclama-t-elle. C'est comme si on frottait un morceau de papier de verre contre mes nerfs. Comme s'il y avait encore quelque chose de secret qui se tramait autour de moi… dont personne n'est prêt à m'en parler.

Elle haussa les épaules.

— Je sais que ça peut sembler absurde. Pourquoi crois-tu que je sois si nerveuse ? Si en colère ? Je me répète sans cesse d'arrêter. De grandir. De cesser de faire l'idiote. Pourtant, je n'y arrive pas. Mon instinct me pousse à fuir.

Elle s'affaissa sur le banc et ferma les yeux, croisant les bras sur sa poitrine.

— C'est déroutant, mais je ne peux pas l'ignorer.

— Je ne vais pas contredire ton instinct, dit-il. Dans mon métier, c'est essentiel. C'est ce qui nous maintient en vie.

— C'est vrai, mais tu es l'un de ces hommes virils de l'armée, prêt à tout, capable de tout, dit-elle en se moquant légèrement d'elle-même. Moi, je ne suis rien. Rien qu'une mère de deux adorables enfants, c'est tout.

Elle refusa d'ouvrir les yeux. Elle sentait Brett bouger à

côté d'elle. Elle savait qu'il la regardait, cherchant ses mots. Elle pouvait sentir l'intensité de son regard pendant qu'il l'observait.

— Penses-tu vraiment cela ?

Elle se mordit la lèvre.

— Oui et je déteste l'admettre.

Ses yeux s'ouvrirent en grand alors qu'elle soutenait son regard chaleureux. Brett avait toujours été si tolérant envers ses défauts. Elle, en revanche, n'avait jamais su faire preuve d'indulgence envers elle-même.

— Tu sens ce petit enfant en moi qui se plaint ? Ce n'est pourtant pas celle que je suis. Ce n'est pas ce que je veux être. Mais, en ce moment, j'ai l'impression d'être piégée dans cet état. Je ne me reconnais pas.

Elle agita la main en direction des enfants.

— C'est tellement difficile d'essayer de me contenir, de ne pas les affecter avec ma nervosité.

— Revenons-en à cette impression. Dis m'en davantage.

Un rire étouffé lui échappa.

— D'accord. Mais qu'y a-t-il vraiment à en dire ? J'ai ce sentiment de danger dont je n'arrive pas à identifier la source.

Elle le fixa, le défiant de se moquer d'elle.

— En ce moment ? Maintenant ? Même si je suis assis ici à tes côtés ?

— Non… dit-elle lentement. Mais c'est sous-jacent, latent, constant.

Il s'adossa.

— Quand as-tu commencé à ressentir ça ?

— Dès mon arrivée ici.

Elle observa les hauts murs du jardin.

— L'endroit est sécurisé, mais je ne peux m'empêcher de

penser qu'au-delà de ces murs se trouve un monde peu sûr.

— C'est là que ça prend racine ?

— Je n'en suis pas certaine.

Elle désigna le bâtiment du menton.

— Le premier jour, tout semblait normal. Les gens me parlaient, plusieurs conversations se déroulaient pendant que nous nous occupions des formalités. On m'a attribué une petite suite où loger avec les enfants. Tout paraissait joyeux, normal. À ce moment-là, j'étais encore sous le choc. Je dormais dès que possible. Nous dormions, mangions, dormions encore et mangions encore. Mais chaque fois que je sortais, j'avais l'impression d'être observée, partout. Même s'il n'y avait jamais personne de suspect en vue, rien d'anormal que je puisse déceler… alors j'ai décidé de rester à l'intérieur.

— Je comprends. L'ambassade a connu pas mal de per-turbations ces temps-ci. Je doute que je puisse obtenir des réponses, mais j'ai des contacts qui le pourraient. Les affaires en cours, qui ne te concernent pas directement, pourraient influencer l'atmosphère. Si des informations sur un attentat imminent circulent et qu'ils se préparent, ils pourraient ne pas te mettre dans la confidence.

Elle le regarda.

— Pourquoi donc ?

— Parce que, dans leur esprit, cela n'a rien à voir avec toi. L'attaque viserait l'ambassade elle-même. Tu pourrais faire l'objet de dommages collatéraux, même s'ils feraient de leur mieux pour te protéger, dit-il. Des ambassades améri-caines ont été prises pour cible auparavant. Rien ne garantit que celle-ci soit à l'abri en ce moment, bien que rien ne laisse penser le contraire. J'aimerais te savoir chez toi, mais en attendant que nous ayons réglé le problème des passeports, c'est l'endroit le plus sûr pour toi.

— Génial, marmonna-t-elle.

Il rit.

— Je n'essaie pas de te faire peur, mais étant donné que tu ressens quelque chose d'inhabituel, j'essaie de te prouver que tu es en sécurité ici.

Il balaya le jardin du regard.

— Je n'ai pas d'informations sur ce qu'il se passe parmi les habitants, il y a toujours des tensions. Un attentat semble assez improbable. Cependant, si cela devait arriver, l'ambassade serait une cible logique, admit-il. Même s'il n'y a aucune raison.

Elle se leva d'un bond.

— Sur cette note, je pense que je vais rentrer. À moins que ce ne soit pas sûr.

— C'est aussi sûr à l'extérieur qu'à l'intérieur, dit-il. Cette zone est sous haute surveillance, il y a des mesures de sécurité renforcées dont tu n'as même pas idée.

Elle poussa un soupir profond.

— Je suis stupide, n'est-ce pas ?

— Il n'y a rien de stupide là-dedans.

Il se leva, s'approcha de Jimmy et s'accroupit à côté de lui.

— Et si nous allions nous promener dans les jardins ? Ta mère a besoin de bouger un peu.

Jimmy accourut vers elle, les doigts couverts de sable. Elle le prit dans ses bras, éclata de rire et le fit tourner en le serrant contre elle. Elle le reposa au sol tandis que Jennifer titubait dans sa direction.

— Quel temps magnifique, Maman ! s'exclama Jimmy.

Ils se promenèrent joyeusement le long des nombreux sentiers de la pelouse et des jardins. Plutôt qu'une marche rapide, c'était une déambulation lente et sinueuse qui permettait aux enfants d'aller à leur rythme. Être dehors leur faisait un bien fou.

— Merci, dit-elle.

Elle sentit son regard l'évaluer, mais refusa de le croiser.

— Je t'en prie.

BRETT ÉTAIT PERPLEXE. Il ne voulait pas minimiser les craintes de Ceci. À de nombreuses reprises, son instinct l'avait sauvé. Le temps révélerait si le sien était fondé ou non. Qui était-il pour la juger à présent ?

Il envisageait de mener quelques investigations pour vérifier s'il se passait réellement quelque chose à l'ambassade, même si peu de gens seraient disposés à lui en parler. Alors qu'ils se dirigeaient vers l'entrée arrière, elle s'immobilisa.

Il saisit son bras. À voix basse, il demanda :

— Qu'est-ce qui ne va pas ?

Elle désigna du doigt le dernier étage du bâtiment.

— J'ai cru voir quelqu'un dans notre suite.

Son regard se posa sur la fenêtre qu'elle avait désignée.

— Es-tu sûre que c'était dans la tienne ?

Elle hocha la tête.

— Nous regardons souvent l'aire de jeux depuis cette fenêtre.

— Le service de nettoyage peut-être ?

— Il n'y en a pas encore, murmura-t-elle doucement.

— Alors allons vérifier.

Après un court moment de silence pendant qu'ils se dirigeaient vers la porte arrière, elle réalisa qu'elle serrait fermement sa main.

Elle lui chuchota :

— J'ai vraiment peur de perdre la tête.

— Ne pense pas à ça. Nous n'en savons encore rien. Allons vérifier.

— Et ensuite ?

— Nous verrons quand nous en saurons plus.

Elle soupira.

— Tu es toujours si pragmatique.

— C'est comme ça que je suis.

De retour dans la petite suite, Brett entra le premier, fit un rapide examen, puis ouvrit la porte pour Ceci et les enfants. Elle fit un tour et haussa les épaules.

— Tout semble en ordre.

De la fenêtre, Brett observa le jardin en dessous. Elle avait désigné la bonne fenêtre. S'il y avait eu quelqu'un ici, il était parti depuis longtemps maintenant.

Il porta son attention sur la pièce. Il n'y avait aucun signe d'une visite indésirable.

Jimmy était déjà assis au milieu du tas de Lego, visiblement insouciant.

Brett jeta un autre coup d'œil rapide autour de la petite pièce et dit :

— Que comptes-tu faire pour les repas ?

— Il y a une salle à manger en bas où nous sommes les bienvenus, je n'y suis allée qu'une fois. Je n'ai pas eu envie d'y retourner, je préfère commander.

— Je vais descendre et voir si je peux vous trouver quelque chose.

— Des hot-dogs. Je veux des hot-dogs, intervint Jimmy.

Après un sourire rapide à Ceci, Brett se dirigea vers la porte et dit :

— Je serai de retour dans quelques minutes.

Il descendit jusqu'à la réception, surpris de trouver le

bureau vide. Il aurait dû demander à Ceci où se trouvait la salle à manger. Il poursuivit dans le couloir principal à la recherche de quelqu'un. Il trouva la salle à manger vide. Il regarda sa montre. Il était presque l'heure du dîner. Quelle était la probabilité qu'il puisse convaincre Ceci de descendre ici pour manger ?

— Excusez-moi monsieur, puis-je vous aider ?

Brett se tourna pour faire face à un homme en pantalon noir et chemise blanche. Son badge indiquait qu'il se prénommait Martin.

Brett sourit et tendit la main.

— Je suis avec Ceci et les enfants. Elle cherchait à dîner.

Martin hocha la tête.

— Nous pouvons livrer un dîner pour quatre dans sa chambre.

— Ce serait super, merci.

Brett regarda autour de lui.

— Il n'y a pas beaucoup de monde ici.

— Non. Un groupe devrait arriver d'un moment à l'autre. Ils ont été en réunion en ville toute la journée.

Brett resta silencieux un moment, se demandant s'il devait commander quelque chose de différent pour les enfants.

— Il faudrait un repas adapté pour les enfants.

Martin rit.

— Oui, bien sûr. Des hot-dogs, des nuggets de poulet et des frites, ça arrive.

— Parfait.

Après un sourire à Martin, Brett se dirigea vers la réception. À la dernière minute, il se retourna et dit :

— Quand le groupe de l'ambassade doit-il revenir ?

Martin regarda sa montre.

— Ils devraient être là depuis déjà quinze minutes.

Ce devait être son métier qui le rendait si suspicieux.

Brett n'était qu'un invité ici. Il avait été appelé à cause du problème de Ceci par un membre de sa famille inquiet. Cela ne rendait absolument pas sa présence officielle. Mais maintenant qu'il était là, il ne pouvait s'empêcher de ressentir des sensations étranges. Naturellement, cela faisait écho aux craintes de Ceci.

Il se tourna de nouveau vers Martin et demanda :

— Est-il possible d'avoir un café ?

— Absolument.

Ils se rendirent dans la salle à manger et Martin désigna un bar à café situé contre le mur que Brett n'avait pas vu en entrant. Parfait. Ceci apprécierait une tasse.

— Les enfants voudraient-ils quelque chose à boire ? Peut-être un peu de lait ou de jus de fruits ? Faites-le moi savoir et nous le leur livrerons.

Brett attrapa immédiatement deux gobelets pour les remplir.

— Les deux, ce serait super.

— C'est noté.

En se concentrant pour ne pas renverser les boissons, Brett marcha lentement vers les ascenseurs. À l'aide de son coude, il appuya sur le bouton.

La porte s'ouvrit pour laisser sortir deux hommes à la peau foncée. Ils le dévisagèrent de leurs regards durs, froids, avant de passer rapidement.

S'il n'avait pas fait un pas en arrière, Brett aurait fini plein de café. Il fronça les sourcils, étudiant leurs dos alors que ces hommes s'éloignaient. Il soupçonnait, d'après l'ajustement de leurs vestes, qu'ils dissimulaient des armes en dessous.

Cela dit, il s'agissait d'une ambassade américaine. Les

conflits faisaient rage partout dans le monde et les ambassades étaient souvent des cibles. Bien sûr, elles étaient protégées.

N'aimant pas la direction que prenaient ses pensées, il entra dans l'ascenseur. En utilisant de nouveau son coude, il parvint à faire fermer les portes et commença à monter.

À mesure qu'il approchait de l'étage, il se rendit compte que ses nerfs s'étaient aiguisés, le rendant encore plus nerveux. Il priait pour que Ceci soit bientôt de retour chez elle, là où elle devait être. Qui aurait pu prévoir que ça prendrait autant de temps pour obtenir des passeports de remplacement ? Ils auraient certainement pu accélérer le processus. À la porte, il donna un petit coup de pied et appela :

— Ceci, ouvre.

Elle ouvrit rapidement et sourit dès qu'elle vit le café.

— Oh mon Dieu, j'en ai vraiment besoin.

Elle tendait les mains avec empressement pour prendre la tasse quand il entendit quelque chose exploser plusieurs étages en dessous – un son qui lui glaça le sang.

Il l'avait entendu trop de fois dans sa vie pour ne pas savoir ce que c'était. Des coups de feu.

Poussant les tasses dans ses mains, il ordonna :

— Reste à l'intérieur et verrouille la porte.

Il se précipita vers la cage d'escalier.

CHAPITRE 4

CECI S'APPUYA CONTRE la porte fermée, les cafés toujours dans ses mains. Ses doigts tremblaient tellement que le liquide se renversa. Reprenant le contrôle, elle posa soigneusement les tasses sur la table basse et courut verrouiller la porte.

— Maman, c'était qui ? demanda Jimmy.

— C'était Brett. Il a oublié quelque chose, il reviendra dans quelques minutes, dit-elle d'une voix haletante.

Elle devait rester aussi calme que possible pour les enfants. Du moins, presque calme. Elle fixa ses ongles et réalisa qu'elle avait gratté son vernis à ongles préféré. Son stress d'adolescente reprenait le dessus. Elle serra ses poings, enroula ses bras autour de sa poitrine et s'affaissa à une extrémité du canapé. Elle avait entendu le même son que Brett, ce n'était pas un bruit qu'elle était susceptible d'oublier. Il y avait eu suffisamment de coups de feu sur le yacht pour qu'elle ne veuille plus jamais en entendre.

Comment diable avait-elle pu se retrouver dans ce scénario horrible ? Était-elle juste un aimant à malchance ?

— Pourquoi ? Qu'est-ce qui ne va pas, Maman ?

Jimmy grimpa sur le canapé pour s'asseoir à côté d'elle, les mains sur ses genoux. Il regarda les tasses et dit :

— Est-ce que je peux avoir du lait ?

Son regard passa de son fils au café, puis du café au petit

réfrigérateur situé dans la pièce.

— Il n'y en a pas. Je vais voir s'il y a quelque chose d'autre que tu pourrais boire.

Elle alla vers le réfrigérateur et l'ouvrit.

— Que dirais-tu d'un jus de pomme ?

Jimmy rit et battit des mains en courant vers elle. Jennifer, ne voulant pas être en reste, arriva en trottinant derrière lui. Ceci remplit deux petits verres, en donna un à Jimmy et prit Jennifer dans ses bras en tenant le verre pour elle. Elle but plusieurs grandes gorgées.

Quand elle eut fini, elle se tortilla pour être posée à terre, puis courut vers les Lego. Elle pouvait à peine assembler les blocs, mais cela la rendait heureuse d'être avec son frère. C'était l'heure de la sieste pour Jennifer, mais avec tout ce qui se passait, Ceci n'était pas sûre que ce soit une bonne idée. Jimmy prit son verre et retourna vers les Lego, mais ne s'assit pas.

— On peut regarder la télévision à la place ?

— Bien sûr, s'il y a quelque chose à regarder. Je te rappelle que nous ne sommes plus à la maison.

— Oui.

Sa voix était triste quand il ajouta en pleurant :

— Je veux rentrer à la maison.

— Moi aussi, dit-elle doucement.

Elle serra ses deux petits contre elle et déposa un baiser sur le dessus de la tête de Jimmy.

— On y sera bientôt, mon chéri. On essaie de récupérer nos papiers.

Elle prit la télécommande et commença à faire défiler les chaînes pour voir s'il y avait quelque chose d'adapté aux enfants. Elle trouva un documentaire sur les bébés animaux. Elle remit la télécommande sur la table basse et reprit sa tasse.

S'installant dans le coin, elle but plusieurs gorgées et soupira. Il était déjà froid.

Quel cauchemar. D'abord, des pirates, et maintenant… Elle ne savait trop quoi. Elle laissa retomber sa tête en réfléchissant à toutes les folies récentes de sa vie. Et puis il y avait Brett. Bon sang, songer à cet homme la consumait. Elle ne savait pas quoi penser de lui en ce moment, sauf qu'il était une bouée de sauvetage.

Il avait toujours été un homme posé, tandis qu'elle avait toujours été très peu sûre d'elle. Ça n'avait pas été une bonne association. Elle posa sa tasse et se blottit sur le côté du canapé. Elle ne pouvait pas se permettre de dormir maintenant, mais fermer les yeux lui ferait du bien. Avec Jimmy à ses côtés, elle réalisa soudain qu'elle n'entendait plus Jennifer. Elle jeta un coup d'œil à sa fille et la vit endormie sur le canapé. La petite ne se reposerait pas très bien dans cette position, alors Ceci la prit avec précaution et la posa au centre du grand lit. Depuis leur arrivée, ils le partageaient.

Même si elle avait très envie de s'y coucher également, elle ne voulait pas laisser Jimmy sans surveillance. Elle retourna donc vers le canapé, attrapa le café de Brett, puis se pelotonna de nouveau dans le coin. Elle posa sa tête contre l'oreiller et ferma les yeux, le documentaire animalier en arrière-plan et Jimmy étalé à côté d'elle.

BRETT DESCENDIT LES escaliers jusqu'au deuxième étage et regarda dans le couloir. Il était vide et calme. Il continua rapidement jusqu'au rez-de-chaussée, frôlant le mur pour essayer de voir ce qu'il se passait dans le couloir. Quand il manqua de visibilité, il passa les portes et observa depuis le coin.

Le bureau d'accueil était toujours vide, il n'y avait aucun signe de vie. Il se dirigea vers la salle à manger et l'inspecta : vide. Il fronça les sourcils. Où était Martin ?

Marchant prestement à travers la pièce, il s'orienta vers la cuisine où il aurait dû y avoir des bruits de casseroles et de poêles pour la préparation des repas. L'endroit était silencieux. Il courut vers la cuisinière, posa sa main dessus. Elle était froide.

Il n'y avait personne ici et il n'y avait eu personne depuis plusieurs heures. Cependant, ce n'était pas suffisant pour déclencher les alarmes car le van avec le personnel de l'ambassade était parti pour toute la journée.

Il était 16 heures. Il aurait pensé qu'à l'approche de l'heure du dîner, quelqu'un serait en train de préparer à manger, mais peut-être était-il encore trop tôt. Avec un regard méfiant sur la cuisine en acier inoxydable étincelante, il se dirigea vers les portes de l'autre côté.

Il écouta attentivement. Rien. Tendant la main, il tourna la poignée et ouvrit la porte très doucement. Silence. La maintenant à peine ouverte, il jeta un coup d'œil de l'autre côté. Il découvrit une très grande salle de conférence. Vide. Où diable était tout le monde ?

Il savait que le van était en retard d'une bonne quinzaine de minutes… depuis déjà dix minutes, cela ne faisait qu'ajouter à ses soupçons. Il se dirigea vers la porte de l'autre côté et vérifia derrière.

C'était une sorte de réserve.

Le rez-de-chaussée avait la forme d'un H formé avec des couloirs. Il était dans le second. Vide. Son estomac se serra en réalisant soudain qu'ils étaient probablement impliqués dans quelque chose de beaucoup plus grave que ce qu'il imaginait. Se déplaçant avec précaution, il passa de porte en porte pour vérifier où tout le monde était.

De retour devant la réception, il constata que l'endroit était complétement désert.

Sauf qu'il avait entendu des coups de feu. Il y avait un répertoire ainsi qu'une carte sur le mur latéral. Il s'en approcha pour l'étudier. Il y avait un niveau inférieur, qui n'était pas ouvert au grand public et deux étages supérieurs contenant des salles de conférence et des appartements. Sur l'ordinateur de l'accueil, il tenta de vérifier rapidement s'il y avait des informations sur le nombre de personnes présentes au consulat. Mais il n'avait aucun moyen d'accéder aux identifiants.

Frustré, il sortit son téléphone portable et envoya rapidement un message à tous les membres de son équipe pour les tenir au courant. Après l'avoir remis dans sa poche, il se dirigea vers les escaliers, dont la porte était verrouillée. Il la fixa. Puis sortit sa carte de crédit.

Il savait exactement quoi faire.

CHAPITRE 5

CECI SE RÉVEILLA, le téléphone sonnait. Elle se leva en titubant, réussit à rejoindre la table de chevet et répondit.

— Allô, dit-elle d'une voix endormie.

— Bonjour. Il y a eu une commande de repas pour vous. Voulez-vous venir à la salle à manger ou devons-nous vous la monter ?

Elle jeta un coup d'œil autour d'elle, les enfants étaient encore endormis, un sur le canapé et l'autre sur le lit. Elle n'avait pas vraiment faim, mais elle ne voulait pas les déranger plus. D'autant qu'elle ne pouvait pas garantir quand Brett reviendrait.

— Vous pouvez la monter, merci.

— Quel est le numéro de votre chambre ?

Elle le lui donna puis raccrocha. Dans la salle de bains, elle se jeta de l'eau froide sur le visage pour essayer de se réveiller. En voyant la fenêtre du coin de l'œil, elle réalisa que l'après-midi était avancé. Pas encore l'heure du dîner, mais presque. Elle ne pouvait qu'espérer que Brett revienne à temps. Il était parti vérifier d'où venaient les coups de feu.

Déterminée à ignorer la peur qui l'étouffait, elle s'assit à côté de Jimmy sur le canapé et fit défiler les chaînes. Il n'y avait pas grand-chose en termes d'actualités.

Elle voulait prendre des nouvelles de sa famille, mais elle

avait perdu son téléphone sur le yacht et n'avait pas encore pu en obtenir un nouveau. Elle se rendait parfois en bas pour utiliser un des ordinateurs, mais avec les enfants, c'était difficile. Une tablette serait également utile.

Elle voulait son fichu téléphone. Elle aurait déjà appelé Brett si elle l'avait eu. Juste pour s'assurer qu'il allait bien.

Son regard s'élargit alors qu'une pensée la saisit.

À voix haute, elle murmura :

— Pourquoi ont-ils demandé le numéro de ma chambre ?

Ils ne l'avaient jamais fait auparavant. Ils devaient forcément le connaître pour l'appeler. Inquiète, elle se rongea les ongles en sautant sur ses pieds et en se dirigeant au milieu de la pièce pour peser les options. Elle regarda autour d'elle. C'était une grande suite, avec des doubles portes la séparant de l'autre moitié.

Les doubles portes étaient verrouillées. Son mari lui avait appris à ouvrir la plupart des serrures. Elle prit un couteau de cuisine et retourna vers les portes. Il ne lui fallut pas longtemps pour déverrouiller la serrure. Était-ce vraiment la meilleure idée ? Elle les ouvrit et vérifia l'autre moitié de la suite. C'était un duplicata de la sienne. Elle porta rapidement les enfants endormis dans la nouvelle pièce. En réalisant que celui qui avait appelé arriverait d'une minute à l'autre, la terreur la saisit. La panique lui donna des ailes, elle savait qu'elle n'avait plus beaucoup de temps.

Elle ramassa les Lego, les rangea dans leur sac. Elle déplaça Jimmy au centre du nouveau lit, puis déposa soigneusement Jennifer à côté de lui.

Le cœur battant, étouffée par la peur, elle traversa la pièce, vérifiant si elle avait omis quelque chose. C'était le cas. Elle avait oublié la salle de bains. Utilisant la poubelle vide, elle ramassa tout ce qui se trouvait dans la baignoire, dans le lavabo et le déménagea dans la nouvelle salle de bains.

En se tenant dans l'encadrement de la porte, elle se souvint du réfrigérateur. L'ouvrant, elle sortit le dernier jus de fruits et quelques fruits. Dans sa nouvelle chambre, elle prit une profonde inspiration et se tint dos aux doubles portes verrouillées pendant un long moment. Elle s'effondra sur le nouveau canapé. Avait-elle réagi de manière excessive ?

Que diable allait dire Brett quand il la trouverait partie ?

Elle se dirigea vers la porte d'entrée et prêta l'oreille. Y avait-il quelqu'un dehors ? Sur le qui-vive, elle entendit un coup frappé contre son ancienne porte. Paniquée, elle enfonça son poing dans sa bouche, déterminée à ne faire aucun bruit, mais si en même temps, elle mourait d'envie d'appeler Brett, de lui dire qu'elle était là.

Comme elle ne répondait pas, le coup se fit plus fort.

Retenant son souffle, elle attendit. Si c'était Brett, il l'appellerait sûrement, non ? Elle entendit un cliquetis de vaisselle. Peut-être était-ce le serveur qui apportait sa commande. Le doute s'installa. Était-ce vraiment ça ? Dès qu'elle envisagea qu'il puisse y avoir un repas qui l'attendait, qu'elle avait angoissé pour rien, la faim se fit sentir. Elle espérait qu'il laisserait la nourriture devant la porte.

Le coup retentit à nouveau, cette fois suivi par une voix forte.

— Toc-toc, il y a quelqu'un ?

Elle se refusa à répondre. Elle jeta un coup d'œil en arrière vers les enfants. Ils dormaient profondément. Et puis elle entendit la confirmation que tout, dans son monde, allait basculer. Il y eut un bruit sec. La porte de leur ancienne chambre s'ouvrit. Le poing serré, elle glissa jusqu'au sol, son corps tremblant. Son regard terrifié fixait les doubles portes.

Allait-il les trouver ?

Après quelques secondes, elle entendit des pas précipités dans le couloir.

Seigneur. Elle prit un risque insensé et ouvrit la porte pour regarder dehors. Le chariot-repas était là, avec ses multiples plats empilés dessus. Devait-elle le prendre ? C'était pour elle. Elle ne savait pas combien de temps elle allait rester enfermée ici. Allaient-ils fouiller pièce par pièce ou suppose-raient-ils qu'elle avait quitté le bâtiment ?

Elle se faufila dans le couloir, souleva le couvercle d'un des plateaux. C'était le plat préféré de Jimmy : des hot-dogs et des frites. Il y avait aussi plusieurs bouteilles de lait et de jus de fruits.

Elle poussa rapidement le chariot dans sa chambre. Elle ne savait pas si l'homme se souviendrait l'avoir laissé derrière lui, mais ils avaient besoin de nourriture. Dans la chambre, elle entendit Jimmy se réveiller. Elle poussa le chariot vers lui avec un grand sourire.

À voix basse, elle lui dit :

— Nous allons manger, reste très calme pour que ta sœur puisse dormir.

Il regarda sa petite sœur et demanda à voix basse :

— Pourquoi elle dort encore, Maman ?

Pour la deuxième fois au cours de la dernière heure, elle se figea. Était-ce un sommeil naturel ? Jimmy était extrême-ment fatigué. Elle avait fait la sieste aujourd'hui aussi. Et le café avait eu un goût un peu étrange, mais elle n'avait pas pensé qu'il pourrait y avoir quelque chose dedans. Pourquoi se serait-elle méfiée ?

Elle avait toujours les gobelets, elle examina les résidus au fond. Elle porta sa tasse à son nez et renifla. Y avait-il une odeur étrange ? Ou était-elle juste épuisée ? D'ailleurs, si elle avait été droguée, n'aurait-elle pas dû dormir beaucoup plus longtemps ? D'un autre côté, combien de temps s'était-elle assoupie ? Et pourquoi les enfants avaient-ils sommeil ? Ils n'avaient bu que du jus de pomme livré un peu plus tôt dans l'après-midi.

BRETT DÉVALA SILENCIEUSEMENT le large escalier qui serpentait jusqu'à un couloir. Ce niveau regorgeait de salles de réunion supplémentaires. Une fois de plus, les lieux semblaient déserts. Bon sang, où diable étaient-ils tous passés ?

Le couloir se séparait en deux. Il se glissa du côté droit. Quelque part par ici, il devait y avoir une sortie menant au garage, en sous-sol. En ouvrant la première porte, il entra dans une grande pièce : apparemment des bureaux, vides. Il passa à la suivante. Celle-ci donnait sur un petit espace avec un bureau, mais il n'y avait aucun papier dessus. Pas d'ordinateur non plus. Il continua sa recherche jusqu'à ce qu'il se retrouve devant l'escalier et partit de l'autre côté.

La première porte était une sortie de secours, révélant des escaliers métalliques, menant vraisemblablement au garage. Après qu'il eut descendu deux volées de marches, les lumières s'éteignirent soudainement. Il lui fallut quelques minutes pour que ses yeux s'habituent à l'obscurité. Il pouvait percevoir les sanglots d'une femme. Était-elle seule ? Une voix rude retentit. Il parvint à distinguer quelques mots.

— Y a-t-il quelqu'un d'autre ici ? rugit la voix, suivie d'un bruit sourd.

La femme poussa un cri. Le ventre de Brett se noua. L'abruti était en train de la violenter. Combien d'hommes allait-il devoir affronter ?

Lorsque la porte d'à côté s'ouvrit brusquement, il se réfugia furtivement dans sa cachette. Un homme montait les marches deux par deux. Brett aperçut le fusil mitrailleur. D'un bond, il se jeta aux pieds de l'homme et le fit basculer. Le type chuta lourdement en poussant une exclamation bruyante. Sans perdre de temps, Brett attrapa le fusil et le pointa sur lui.

— Nom de Dieu, qui êtes-vous ? demanda-t-il.

Surpris, l'homme le dévisagea, puis se mit à parler dans une langue étrangère que Brett ne comprit pas. Sans hésitation, Brett frappa l'homme violemment dans l'estomac.

— Anglais. Parle anglais.

L'homme préféra cracher à ses pieds. Inutile de tergiverser. Le combat fut bref, brutal. L'agresseur gisait désormais sans vie sur le sol. Brett le saisit par le pied et le traîna dans un coin, hors de vue.

Maintenant armé et convaincu d'une attaque contre l'ambassade, il informa rapidement le reste de son unité. Ils se trouvaient en ville car ils prévoyaient de rentrer chez eux le lendemain. C'est l'appel de sa mère qui avait incité Brett à se précipiter au consulat. Et ce qu'il découvrit fut bien pire que ce à quoi il s'attendait.

CHAPITRE 6

CECI INCITA JIMMY à manger un peu plus. En observant les restes de nourriture, elle réfléchit à comment les emballer pour les emporter avec eux s'ils devaient s'enfuir. Toute personne voyageant avec des enfants savait qu'ils mangeaient constamment. Elle avait très peu de collations à leur disposition ou de bagages d'ailleurs.

Bon sang, comme elle voulait rentrer chez elle. Alors que Jimmy terminait le dernier de ses hot-dogs, sa tête et ses épaules s'affaissèrent de nouveau d'épuisement. Elle tria leurs effets personnels dispersés en désordre sur le lit.

Elle n'avait pas grand-chose à emmener. On lui avait donné un grand sac fourre-tout qui ressemblait à un sac de plage avec une fermeture Éclair sur le dessus et beaucoup de poches à l'extérieur. Elle rangea rapidement dedans leurs quelques vêtements et articles de toilette qu'elle avait rassemblés.

— Est-ce qu'on repart ? demanda Jimmy, la bouche pleine de frites, le regard empreint d'inquiétude.

— Ne parle pas la bouche pleine, dit-elle automatiquement.

Elle ne répondit pas à sa question car elle ne savait pas quoi faire. Si une attaque sur l'ambassade était en cours, quelqu'un finirait par la trouver. La seule inconnue était de savoir de quel côté il serait.

Quand elle eut fini, elle constata que Jennifer était toujours blottie au milieu du lit, profondément endormie, pendant que Jimmy continuait de manger. Elle s'approcha de la fenêtre et regarda dehors. Les lieux étaient vides. Elle n'avait toujours pas de passeports. Si elle ne pouvait pas rester ici, où irait-elle ?

Où était Brett ? S'il y avait quelqu'un qui pouvait l'aider, c'était bien lui. Depuis qu'il s'était précipité hors de l'appartement et lui avait ordonné de rester à l'intérieur, elle n'avait plus rien vu, plus rien entendu. Ça lui briserait le cœur si quelque chose lui arrivait. Il lui était difficile de contenir les vagues d'angoisse qui la submergeaient. Prête à partir, prête à fuir, mais nulle part où aller. Elle pouvait continuer à passer d'une pièce à l'autre, mais à quoi cela servirait-il ? Elle ne pourrait pas rester cachée indéfiniment. Et bientôt, elle ne pourrait plus non plus garder les enfants silencieux.

En observant à nouveau par la fenêtre, elle étudia les jardins. Elle ne distinguait pas grand-chose, mais tout semblait normal. La nuit approchait, il faisait sombre, sa peur grandissait. Elle ne dormirait pas ce soir.

Elle était sûre d'avoir entendu des coups de feu.

Mais depuis, plus rien. Pas d'annonce disant que tout allait bien non plus. Juste ce silence troublant. Elle s'assit sur le canapé et alluma la télévision, espérant une distraction. Rapidement, elle réalisa que quiconque passant à l'extérieur pouvait l'entendre et saurait alors qu'ils étaient là…

— J'ai fini, Maman.

Jimmy descendit de sa chaise et fila se laver les mains dans la salle de bains. Quand il revint en courant, il grimpa sur le canapé et s'assit sur ses genoux. Elle réfléchit alors à comment faire taire ses enfants pour ne pas attirer l'attention sur eux.

À quatre et presque deux ans, c'était tout simplement impossible. Jimmy dans les bras, elle se leva. Sa petite fille était toujours endormie. Ceci doutait que Jennifer dorme toute la nuit, même si c'était déjà arrivé. Elle savait que ses enfants ressentaient ses peurs, mais étant donné la situation, elle ne pouvait réellement rien y faire.

Plaçant Jimmy sur le lit avec un livre, elle nettoya prestement quelques plats. Elle fit très attention à être silencieuse, à être la plus discrète possible. Malgré cela, il lui semblait que tout ce qu'elle faisait était extrêmement bruyant, que n'importe qui à l'extérieur pouvait l'entendre. Quand elle eut fini, la chambre avait l'air normale. Elle perçut alors des pas dans le couloir. Ils étaient lourds, rapides, déterminés.

Elle porta sa main tremblante à sa tempe et se massa lentement. À l'intérieur, son souffle resta bloqué dans sa gorge. Il n'y avait nulle part où se cacher. Aurait-elle dû attraper ses enfants et courir ? Mais où aller ?

Quand les pas se rapprochèrent, elle poussa un cri étouffé et serra ses bras autour de son corps, trop effrayée pour respirer. On ne pouvait pas voir Jimmy depuis l'embrasure de la porte car il était niché dans les oreillers. La seule chose encore visible était son sac. Elle se précipita hors du lit, courut vers lui, l'attrapa et le glissa contre le mur à l'abri des regards. Celui qui entrerait devrait marcher jusqu'à la chambre pour les trouver.

Ceci chercha une arme du regard. Il y avait forcément quelque chose. La lampe avait l'air fragile. Ce n'était pas vraiment la massue qu'elle espérait.

Il y avait les chaises. Prenant vite une décision, elle attrapa celle sur laquelle Jimmy était assis tout à l'heure et la tira derrière le mur avec elle. Sa collection commençait à s'agrandir. Elle aurait préféré un simple pied de chaise, mais peut-être que si elle fracassait la chaise sur la tête de quelqu'un, elle pourrait en avoir une.

En observant sa cachette, elle réalisa à quel point tout ceci était vraiment insensé. Elle était dans l'un des endroits les plus sûrs au monde et elle cherchait des armes. Elle passa ses mains sur son visage, frottant légèrement ses joues.

Mon Dieu, peut-être avait-elle réellement besoin d'aide.

AVEC L'UN DES assaillants au sol, une arme dans sa main et des messages échangés avec son unité, Brett se sentait mieux. Pas encore parfaitement bien, car il n'avait aucune idée de ce qu'il se passait vraiment, même s'il était maintenant évident que l'ambassade faisait l'objet d'une attaque. Probablement de l'intérieur. Sa principale préoccupation à présent était de faire sortir Ceci et les enfants d'ici. Il n'avait aucun moyen d'y parvenir à ce stade. Il s'appuya contre le mur, souhaitant pouvoir entendre la conversation se déroulant de l'autre côté. Les voix montaient et descendaient mais trop indistinctement pour qu'il puisse comprendre quoi que ce soit. La femme, qui avait pleuré, était maintenant silencieuse.

Il sentit son téléphone vibrer dans sa poche. Consultant rapidement le message, il le tint de sorte que la lumière de l'écran ne brille pas dans la fenêtre.

Deux véhicules avaient été mobilisés. Son équipe était en route. Ils avaient contacté le gouvernement somalien. Jusqu'à présent, ils n'avaient aucune nouvelle d'éventuels renforts de la part de l'armée. De plus, si un coup d'État était en cours, l'armée locale était la dernière force qu'ils voulaient solliciter.

Des pas se rapprochèrent à l'extérieur des doubles portes.

Il se glissa plus profondément dans l'ombre, là où il avait caché l'autre homme. Les portes s'ouvrirent en grand.

— Nous devons nous assurer que le bâtiment est complètement évacué, dit une femme.

— Nous constituons une équipe, répondit un homme. Autant que nous le sachions, la plupart d'entre eux sont rassemblés en bas. Reste la femme et ses enfants, toujours dans leur chambre.

— La plupart ne suffit pas. Nous devons nous assurer que tous le sont. Et il faut s'occuper de la femme. Faites ce que vous voulez des enfants.

— Entendu.

Ils montèrent lentement les escaliers, laissant Brett sidéré par le rejet évident, sans aucune émotion, de Ceci et ses enfants. Il avait besoin d'en savoir plus sur leurs plans. Son cœur paniquait à l'idée de ne pas arriver à temps.

Si les assaillants qui l'avaient dépassé étaient en train de planifier une fouille étage par étage, il devait faire sortir Ceci et ses enfants rapidement. Alors qu'ils montaient vers le deuxième palier, il se leva et se contorsionna pour en entendre plus.

— Nous attendons que l'armée envoie une unité ici. Nous installerons des bureaux au rez-de-chaussée.

— Les États-Unis ne vont pas laisser faire ça, tu le sais.

— J'y compte bien.

La voix féminine, en colère, ajouta :

— Comme si on avait besoin de leurs conneries. Il n'y a aucune raison pour qu'ils aient une ambassade ici. Ils auraient dû être expulsés depuis longtemps.

— On n'en a pas eu le temps. Nous ne sommes au pouvoir que depuis quelques mois.

Brett se fondit contre le mur, l'esprit en ébullition. Il

sortit son téléphone portable et envoya rapidement un SMS à Mason.

L'armée est dans le coup. Nouveau gouvernement ne veut plus de l'ambassade américaine sur son sol.

Il rangea son téléphone dans sa poche et se dirigea vers les doubles portes menant au garage. De l'autre côté, le silence. Merde. Il en entrouvrit une, légèrement. Aucune lumière ne filtrait. Sur sa droite, il entendit quelques voix fortes suivies de rires tonitruants qui lui hérissèrent les poils. Ce n'était pas un son qu'il aimait entendre.

Plusieurs véhicules étaient garés devant lui. Accroupi, il se glissa entre les portes et se précipita vers le flan de l'un d'eux. Il s'arrêta, écouta.

Jetant un coup rapide d'œil autour de l'encadrement de la porte, il aperçut un gros camion. Il se déplaça en direction des éclats de rire. En s'approchant, il vit une femme inconsciente, gisant au sol, ses vêtements arrachés, sous les rires de deux hommes. Ça, il pouvait s'en occuper. Il se faufila derrière le premier et l'étrangla avant de lui briser le cou. Il le laissa tomber au sol au moment où le deuxième se retournait. Celui-ci le vit, atteignit son arme. Brett lui donna alors un coup de pied pour la lui faire lâcher, puis lui envoya un direct du droit en pleine mâchoire.

La tête de l'homme bascula en arrière. Il s'effondra.

Bandes de salauds.

Le premier homme était mort, le deuxième était inconscient. Brett se pencha pour vérifier le pouls de la femme. Il battait fort. Elle était en vie. Comme il ne voyait aucune blessure apparente, il supposa qu'elle avait été assommée ou avait perdu connaissance. Il la prit dans ses bras et disparut immédiatement parmi les véhicules. Il devait trouver un endroit sûr pour la cacher pendant qu'il essayait de comprendre ce qu'il se passait ici et contre qui il était en train de se battre.

Il y avait un panneau indiquant la sortie un peu plus loin. Il s'y précipita et constata que les portes en avaient été coincées : ouvertes. Ce n'était pas bon signe. Il fit demi-tour et aperçut un van avec un pneu à plat. Il déposa alors soigneusement la femme à l'arrière, espérant que personne ne la chercherait ici. Ensuite, il se baissa derrière le véhicule et refit le chemin en sens inverse jusqu'à l'escalier puis se dirigea de l'autre côté. Au loin, il aperçut trois silhouettes allongées au sol. Quand il les atteignit, il découvrit deux hommes en costume. Chacun avec un trou dans la tête. Le troisième était Martin, le serveur, la balle l'avait atteint la tempe.

Merde. Il informa rapidement Mason. Maintenant, il devait rejoindre Ceci et filer d'ici au plus vite.

Il espérait trouver un ascenseur de service. Ainsi, tout le monde ne serait pas au courant de son existence. Il grimpa à vive allure les escaliers jusqu'au premier palier, le dépassa et continua vers le haut. En arrivant au dernier étage, il réalisa qu'il n'avait ni vu ni entendu personne.

Le couloir était vide.

C'était bon signe. Il se dirigea vers la suite de Ceci et frappa doucement.

N'obtenant pas de réponse, il poussa la porte qui s'ouvrit lentement… La serrure était cassée.

CHAPITRE 7

QUE DEVAIT-ELLE FAIRE ? Le son de ces pas lui poignardait le ventre, la panique menaçait de la faire vomir.

Soudain, elle perçut un chuchotement. Était-ce son prénom ? Elle se précipita vers la porte d'entrée et colla son oreille contre le bois froid. De l'autre côté, elle entendit une voix masculine l'appeler à voix basse :

— Ceci ?

Brett ? Devait-elle prendre le risque ? Si elle prenait la mauvaise décision, cela pourrait avoir des conséquences fatales.

— Ceci, c'est Brett. Ouvre.

La gorge serrée, elle déverrouilla la porte et regarda à travers la fente.

— Mon Dieu, c'est bien toi.

Brett se retourna au son de sa voix. Sa confusion se transforma en soulagement. Elle lui fit signe d'entrer.

— Dépêche-toi, vite !

— Que s'est-il passé ? Pourquoi es-tu dans cette chambre et pas dans l'autre ?

— Je craignais que nous ne soyons plus en sécurité là-bas.

Jetant un coup d'œil des deux côtés du couloir, il se glissa à l'intérieur de la pièce et ferma la porte à clé.

— Quelqu'un est venu ici ?

Elle mit un doigt sur ses lèvres et désigna les enfants endormis dans le lit. Il hocha immédiatement la tête.

Elle lui fit brièvement le récit des événements, y compris celui de l'emménagement.

— J'ai entendu quelqu'un arriver avec le chariot et entrer dans la chambre. Il est parti. Pour l'instant personne d'autre n'est passé.

Elle frissonna.

— Mais j'ai peur que quelqu'un arrive à tout moment.

Elle se dirigea vers le centre de la pièce et se tourna vers lui.

— Dis-moi ce qu'il se passe ?

— Je n'ai pas tous les détails, dit-il. Il y a une attaque en cours contre l'ambassade. Au niveau du garage, j'ai trouvé trois hommes morts ainsi qu'une femme inconsciente.

Il se dirigea vers la fenêtre et regarda à travers les rideaux.

— Avant de se faire tirer dessus, l'un des hommes m'a dit qu'il y avait une réunion en dehors de l'ambassade aujourd'hui et que le personnel avait quinze minutes de retard.

Il consulta sa montre.

— Maintenant, ça fait une heure.

Il se tourna vers elle, le visage sombre.

Elle avait la main écrasée contre sa bouche pour étouffer le cri qui essayait de lui échapper.

— Mon Dieu, trois hommes ? Tués ?

Il se précipita vers elle, l'enveloppant étroitement de ses bras.

— Ça va aller, nous allons nous en sortir.

Elle secoua la tête.

— Comment est-ce possible ?

Il lui frotta les bras de haut en bas.

— Je n'en ai aucune idée. Je ne suis jamais venu ici avant. Mais les choses sont ainsi. Nous devons faire avec. Je ne sais pas combien d'hommes sont impliqués. En fait, il n'y a pas grand-chose que je puisse te dire pour le moment.

Les yeux rivés sur les siens, elle chuchota :

— Que devons-nous faire ?

Il lui offrit un doux sourire.

— Nous allons attendre. Mon unité est en route. Je crois qu'une opération militaire est responsable de l'élimination de l'équipe de l'ambassade. Je ne sais pas si le van censé ramener le reste du personnel a été pris en otage, si ses occupants ont été tués ou bien s'ils sont retenus quelque part. Il y a tellement d'inconnues. La seule chose que je sais, c'est que nous devons rester à l'abri.

Elle se dirigea vers le lit où Jimmy dormait, un livre à la main.

Derrière elle, Brett demanda :

— Depuis combien de temps dorment-ils ?

Ses épaules se levèrent et retombèrent.

— Jennifer dort depuis un moment. Jimmy s'est assoupi plus tôt, puis s'est réveillé pour manger et s'est, de nouveau, endormi. Je commençais à m'inquiéter. J'ai l'impression que quelque chose ne va pas.

Brett étudia leurs visages pâles.

— Ce n'est pas habituel pour eux ?

Elle se retourna vers lui.

— C'est difficile à dire. Rien n'est vraiment habituel. Il y a eu beaucoup de nuits blanches, beaucoup de stress et de peur. De toute évidence, ils sont fatigués.

Brett observa la pièce.

— Y a-t-il des restes de nourriture ?

Elle indiqua le réfrigérateur.

— J'ai tout mis là-dedans.

Troublée, Ceci observa Brett se diriger vers le réfrigérateur, se pencher pour l'ouvrir, puis en sortir une des assiettes. Il prit un reste du hot-dog de Jimmy et le mit dans sa bouche sans le mastiquer. Elle ne comprit pas ce qu'il faisait avant qu'il n'ouvre la poubelle pour le recracher. Ensuite, il prit l'assiette et la vida dans la poubelle, faisant de même avec chacun des plats qu'elle avait mis au réfrigérateur. En voyant son propre repas finir dedans, elle se sentit malade. Elle avait prévu d'en manger un peu.

— Que fais-tu ? demanda-t-elle dans un chuchotement sévère lorsqu'il renifla le jus de pomme que les enfants avaient bu un peu plus tôt.

Il fit une grimace et vida tout dans l'évier.

— Nous pourrions en avoir besoin, dit-elle.

Il releva son regard vers le sien, une lueur froide et perçante dans ses yeux. Il caressa doucement la joue de Jimmy du bout des doigts. Puis il la regarda et dit :

— La nourriture a été droguée.

IL L'OBSERVA ALORS qu'elle le fixait, incrédule, pendant un long moment avant de se tourner vers le lit. Elle tendit la main pour toucher ses enfants, pour s'assurer qu'ils étaient en sécurité. Elle s'était inquiétée, quelque chose clochait…

Quand elle se tourna vers lui, le choc avait cédé la place à la colère. Brett était heureux de constater ce changement. La peur paralysait. La colère, au moins, lui donnait quelques armes à utiliser. Dans ce cas, elle devait être en colère. Quelqu'un avait drogué ses enfants.

— Tu en es sûr ? demanda-t-elle d'une voix dure.

Il hocha la tête.

— Oui, j'ai reconnu l'odeur.

Elle regarda la poubelle. Il savait qu'elle allait se blâmer de ne pas s'en être aperçue.

— J'ai reçu une formation spéciale à ce sujet, dit-il doucement. Tu ne pouvais pas le savoir.

Elle ferma les yeux et resta assise là. Pas vaincue, simplement vide, comme si elle ne savait plus quoi faire. Il posa une main sur son épaule, lui donna une légère pression.

— Ils paieront pour ça.

Son regard s'alluma brusquement.

— Je dois sortir mes enfants d'ici, les mettre en sécurité.

— Et pour cela, nous devons rester cachés. Je ne sais pas combien de terroristes sont ici. Jusqu'à présent, j'en ai éliminé deux sur les cinq que j'ai vus et laissé un troisième inconscient.

— Alors il en reste au moins deux.

Elle se leva et se dirigea vers la porte d'entrée comme pour partir. Elle manquait de lucidité.

— Plus peut-être avec l'homme qui a livré le chariot-repas. Je ne comprends pas pourquoi ils ont drogué les enfants.

— Pour faciliter leur élimination plus tard ? Pour les faire taire ? Peut-être qu'ils ne voulaient pas avoir à les tuer ?

Il y avait d'autres raisons possibles, mais il n'avait pas l'intention de les évoquer. Elle avait assez de soucis.

Des larmes lui montèrent aux yeux, se mêlant à sa colère.

— Il pourrait y avoir plein d'autres hommes ici, nous n'en savons rien.

Il la saisit par le bras et la secoua.

— Ne fais rien de stupide. Nous devons être plus malins qu'eux.

Ses yeux se braquèrent sur lui.

— Ils ont fait du mal à mes enfants.

— Nous devons nous assurer qu'ils ne fassent rien de pire.

Elle se retourna et se mit à pleurer.

— Pourquoi ? Pourquoi font-ils ça ?

— Tout ce que je sais, c'est qu'il y a eu un coup d'État récemment, le gouvernement est instable. Donc, soit quelqu'un essaie de prendre le contrôle, soit le nouveau gouvernement ne veut plus des États-Unis ici.

— Alors ils tuent tout le monde ? Juste comme ça ? Ne réalisent-ils pas qu'ils vont le payer ?

— En général, les gens ne pensent pas au-delà du moment présent. Ils aiment croire qu'ils sont superpuissants et qu'ils peuvent négocier avec les États-Unis.

Elle ricana.

— Comme si c'était possible.

Elle s'assit au bout du lit et le regarda, sa colère s'était en grande partie dissipée. Maintenant, restait la tristesse.

— Trois hommes tués, chuchota-t-elle. Pauvres familles.

— Trois que j'ai vus, jusqu'à présent.

Il savait qu'elle devait comparer cette situation avec la sienne.

— Et oui, j'ai tué deux assaillants. Mais il en reste encore au moins deux qui m'ont dépassé en montant les escaliers.

Des flammes brulaient dans ses yeux quand elle lui demanda :

— Pourquoi ne les as-tu pas tués ?

Elle était avide de sang. Il aimait ça.

— Parce que j'avais besoin d'entendre ce qu'ils disaient. C'est comme ça que j'ai découvert que l'armée était impliquée.

Elle grimaça.

— Désolée. D'habitude, je ne suis pas aussi rancunière.

— Tu en as tout à fait le droit. Ils ont drogué tes enfants.

Elle se tourna pour regarder ses deux petits endormis.

— En même temps, c'est le moment parfait pour qu'ils dorment profondément. Ce n'est pas le genre de traumatisme dont ils ont besoin. Pas après l'épisode des pirates.

— Oui, pendant qu'ils dorment, c'est aussi le moment idéal pour les mettre en sécurité. Il faudrait vous trouver un endroit sûr et tranquille dans un hôtel.

Elle leva les sourcils.

— Et bien sûr, tu as un moyen de faire ça ?

— Peut-être. Peut-être pas.

Il regarda fixement par la fenêtre, se demandant quelles étaient leurs chances de sortir sans encombre en passant par le garage.

— Si nous réussissions à descendre jusqu'au garage, dit-il, je pourrais trafiquer une voiture et nous faire sortir d'ici.

Elle lui fit signe de la main.

— La sortie sera gardée, dit-elle. Surtout maintenant.

— C'est certain. Mais la seule autre option est de retourner dans le jardin et de sauter par-dessus la clôture.

— Pour faire ça, nous devons nous assurer de ne pas être vus. Et trouver un moyen de franchir la clôture.

Il hocha la tête.

Elle fronça les sourcils.

— Et le haut de cette clôture est électrifié ?

— Très probablement.

Elle secoua la tête vivement.

— On ne peut pas prendre ce risque.

— Je peux la court-circuiter, dit-il. Ce n'est pas un problème. Le vrai défi sera de trouver un endroit où l'on puisse grimper sans être vus. Dès qu'ils se rendront compte que certains de leurs hommes ont été tués, ça va être la guerre.

Elle approuva, pensive.

— Exactement. Tenter de descendre au garage présente les mêmes risques.

Elle prit une profonde inspiration et se leva.

— Allons-y. Tout est prêt.

Il lui adressa un sourire approbateur.

— Si je porte Jimmy, peux-tu prendre Jennifer ?

— Oui, mais ce serait mieux si on pouvait emmener la poussette aussi. Ils peuvent tous les deux aller dedans si besoin.

Il réfléchit.

— Je la mettrai en bandoulière dans mon dos.

Elle se leva, alla aux toilettes, puis rangea rapidement les dernières affaires des enfants. Le sac en travers de son épaule, elle se pencha et prit Jennifer dans ses bras.

Se retournant pour vérifier où en était Brett, elle poussa un cri. Il avait la poussette sur son dos et l'arme sur son épaule. À cette vue, son cœur s'emballa. Il l'avait quand il était entré dans la pièce, mais elle avait été tellement concentrée sur tout le reste qu'elle ne l'avait pas remarquée.

Il lui tendit les bottes et les manteaux des enfants.

— On devrait peut-être les habiller d'abord ?

Regardant le ciel qui s'assombrissait, elle acquiesça. Ils vêtirent rapidement les enfants endormis. Quand ils eurent fini, elle prit Jennifer, il portait Jimmy. Devant la porte, elle respira profondément et se tourna vers lui.

— Il n'y a aucune autre solution, n'est-ce pas ?

— Non, je suis désolé, dit-il en secouant la tête. Nous pourrions attendre ici que mon unité arrive, mais rien ne nous garantit que quelqu'un d'autre ne nous trouvera pas d'abord.

— La ville, là-bas, c'est aussi une jungle, serons-nous plus en sécurité ?

Il lui fit un doux sourire, rassurant.

— Chérie, là-bas – c'est ma jungle. Tout ira bien.

Et elle le crut.

CHAPITRE 8

ECI N'AVAIT PAS le choix. Elle devait faire tout ce qui était en son pouvoir pour sauver ses enfants. Elle aurait juste aimé comprendre comment ce monde fonctionnait. Qu'importe, elle n'était plus seule, Brett était à ses côtés. Elle le suivit dans le couloir. Il prit la direction opposée à celle qu'ils avaient empruntée jusqu'alors.

Elle aurait aimé lui demander pourquoi.

Elle aurait aimé lui demander s'il était sûr de lui.

À la place de cela, elle resta silencieuse et lui emboita simplement le pas. Lorsqu'il poussa la porte d'une grande pièce de stockage, elle s'interrogea vraiment. Que préparait-il ? Mais quand il lui montra les portes, elle comprit qu'il s'agissait de l'accès à l'ascenseur de service.

S'ils voulaient éviter les regards, c'était la meilleure solution.

Après avoir appuyé sur le bouton d'appel, il la fit reculer doucement derrière lui, fusil incliné sous le corps de son fils, prêt. Lorsque les portes s'ouvrirent, elle poussa un soupir de soulagement : il était vide.

Toujours aux aguets, il n'était pas exclu qu'ils soient suivis, il lui fit signe de pénétrer dans l'ascenseur. Il entra à sa suite et appuya sur le bouton menant au niveau du garage. Elle enfouit alors son visage dans le cou de sa fille endormie et envoya une prière silencieuse pour que quelqu'un veille sur eux. Elle n'avait pas vraiment de raison de croire ces derniers temps. Mais en ce moment, elle aurait bien aimé un coup de main de là-haut, qu'importait si elle avait grandi loin de toute religion ou non.

— Reste à l'intérieur pendant que je jette un coup d'œil, chuchota-t-il.

Il la fixa intensément pour s'assurer qu'elle avait bien compris sa demande.

Elle acquiesça. Elle n'avait aucune intention de bouger avant qu'il ne le lui permette. Il vérifia à gauche, à droite, avant de lui faire signe de venir et de le suivre.

— C'est ici que tu étais tout à l'heure ?

Il secoua la tête.

— Non. De l'autre côté.

Dommage. Elle n'avait pas oublié qu'une femme était allongée à l'arrière d'une camionnette. Si les autres la trouvaient avant qu'elle ne parvienne à se mettre en sécurité, elle allait mourir. Si Ceci n'avait pas eu ses enfants, elle aurait harcelé Brett pour qu'il aide cette femme. Mais Jimmy et Jennifer étaient là, décider de la secourir était un choix difficile. Peut-être que Brett pourrait sauver tout le monde.

Alors qu'ils se précipitaient dans le couloir en direction de la porte ouverte, elle se demandait quel genre de personnes étaient prêt à parcourir un bâtiment en tirant sur tout le monde. La vie n'avait-elle rien de sacré pour eux ?

Brett lui fit signe de s'arrêter. Il alla jeter un coup d'œil aux véhicules. Elle pouvait en apercevoir plusieurs modèles : des voitures de luxe, d'autres ressemblant davantage à des véhicules de police et quelques gros SUV.

Brett essaya d'ouvrir la porte de l'un d'eux. Il était verrouillé. Il vérifia chacun des autres véhicules à la recherche de celui qui ne le serait pas. Lorsqu'il arriva à un camion, il sourit. Il grimpa dedans, trafiqua sous le tableau de bord et le camion ronronna.

Ouf ! Ils pourraient peut-être sortir de cet enfer. Il revint en courant vers Ceci et lui indiqua de le rejoindre. Il n'y avait pas de sièges auto pour les enfants. Ils allongèrent donc Jimmy sur le siège entre eux deux, Ceci s'assit et boucla sa ceinture tout en gardant Jennifer dans ses bras. Brett attacha Jimmy du mieux qu'il put. Il mit, ensuite, la poussette à l'arrière du camion, puis monta à bord et recula.

Il traversa le garage en manœuvrant de façon étrange, si bien que Ceci ne sut pas ce qu'il manigançait jusqu'à ce qu'il arrive au niveau d'un autre camion. Il mit alors le leur au point mort et en descendit. Avant qu'elle ne puisse réagir, Brett avait récupéré la femme blessée et avait réussi à la hisser sur le siège arrière où il l'attacha de la même façon que Jimmy. Une fois cela fait, il sauta à l'avant du camion et conduisit prudemment jusqu'à la sortie.

Ils arrivèrent devant des doubles portes sécurisées. À environ six mètres, il y avait une sorte de boîtier informatique. Brett s'arrêta sur le côté, vérifia au-dessus du pare-brise et trouva une carte. Il la glissa dans la fente, des lumières clignotèrent, suivies d'un fort déclic. Les portes s'ouvrirent. C'est ainsi qu'il sortit du garage pour se retrouver dans les rues animées.

Il attrapa son téléphone et le lui lança.

— Trouve Mason dans les contacts.

Elle fit ce qu'il lui demandait. Brett lui dicta alors le message à écrire.

— Parfait. Maintenant, appuie sur « envoyer », s'il te plaît.

— C'est fait.

Il tendit la main pour récupérer son téléphone et le glissa

dans sa poche. Elle regarda autour d'elle. Le trafic partait dans toutes les directions.

— Maintenant que nous sommes libres, où allons-nous ? demanda-t-elle. Jimmy, Jennifer et moi n'avons toujours pas de passeports.

— Les formalités sont en cours, nous les obtiendrons dès qu'elles seront terminées. Pour l'instant, nous avons besoin d'un endroit où vous pourrez vous cacher. La femme à l'arrière a besoin de soins médicaux.

Ceci se tourna pour observer le visage pâle et inerte.

— Nous devons l'emmener aux urgences.

— J'adorerais, mais ce serait une histoire difficile à expliquer. Et pour l'instant, nous ne voulons pas que tout le monde sache qu'il y a eu une attaque à l'ambassade américaine.

— Mais elle a besoin de voir un médecin, protesta Ceci. Elle pourrait être grièvement blessée.

— J'ai une meilleure idée.

Il lui adressa un large sourire, changea de voie et tourna à droite.

Elle ne connaissait pas du tout la région. Elle avait seulement été conduite tout droit jusqu'à l'ambassade après avoir été emmenée hors du yacht. Ceci resta tranquille pendant qu'il prenait plusieurs autres virages, puis empruntait une autoroute. Il lui semblait qu'ils s'éloignaient de la ville et se dirigeaient en rase campagne.

Le téléphone de Brett sonna. Il le sortit de sa poche et répondit.

— Mason. Oui, nous sommes sur l'autoroute en direction de la maison de Bullard.

Il jeta un coup d'œil à Ceci.

— Non, elle n'est pas blessée. Les enfants sont en train

de se remettre de l'absorption d'un sédatif. Ce ne serait pas mal de les faire examiner. J'ai sauvé une femme qui était en train d'être violée par deux des militaires qui prenaient le contrôle de l'ambassade. Elle est inconsciente et blessée à la tête. Je n'ai pas osé l'emmener à l'hôpital. Notre heure d'arrivée estimée est de neuf minutes.

Le cœur de Ceci s'arrêta presque en entendant ce qui était arrivé à leur passagère. Elle se tourna pour l'examiner. Ça expliquait l'état de ses vêtements. Ceci aurait voulu la couvrir, mais elle n'avait que ses propres vêtements. Comment ces hommes avaient-ils pu lui faire ça ?

Lorsqu'elle se retourna enfin vers Brett et le regarda, il semblait l'étudier.

— Ça va ?

Elle haussa les épaules et se rassit sur son siège.

— C'est un peu difficile d'entendre ce qui lui est arrivé.

Elle fit un signe de tête vers la femme allongée sur le siège arrière du camion.

— Presque arrivé, corrigea-t-il. Avec un peu de chance, elle ne se souviendra pas de grand-chose. J'ai tué l'un de ses agresseurs et assommé l'autre.

— Tu aurais dû tous les tuer, dit-elle avec passion.

— C'est compliqué, admit-il. Je ne peux pas tuer tous les violeurs et les meurtriers du monde.

Incapable de se retenir, elle serra sa fille contre elle alors qu'elle regardait par la vitre.

— Dommage.

— Nous sommes d'accord sur ce point. Dans l'armée, j'ai vu beaucoup de choses déplaisantes. Ce serait bien que la justice aille plus vite. Malheureusement, elle échoue souvent. Dans ces moments-là, mon travail est très difficile à faire.

Ceci ne répondit rien.

— Qui est Bullard ?

— C'était un SEAL, il y a des années. Lorsqu'il lui a fallu partir, il a terminé ses études de médecine et a suivi une formation spéciale.

Elle grimaça.

— Il est passé de briser des corps à les réparer ?

Brett rit.

— Il n'avait pas tout à fait terminé son diplôme avant de s'engager pour la formation BUD/S et comme la plupart des SEAL, dix ans ont été plus que suffisants. Maintenant, il fait ce qu'il peut pour aider les gens.

— Simplement d'une façon différente ?

— Exactement.

Ils roulèrent en silence pendant une minute supplémentaire, puis Brett prit une sortie de l'autoroute. Plusieurs kilomètres plus loin, il tourna pour la énième fois avant de descendre une longue allée menant à une très grande maison. Devant la propriété se trouvait un portail de haute sécurité. Brett se gara, sauta hors du véhicule et parla dans l'interphone. Il fit face à la caméra et attendit.

Elle retint son souffle, seraient-ils autorisés à entrer ?

Brett doit bien le connaître pour faire appel à lui dans ces circonstances, pensa-t-elle.

Elle préférerait grandement être de l'autre côté de ce portail de sécurité plutôt que dehors en train d'attendre que quelqu'un les trouve.

Le fort déclic du portail, qui se déverrouillait, retentit.

— Merci, Bullard ! cria Brett.

Ceci attendit qu'il remonte dans le camion et démarre le moteur. Lorsque les portes furent suffisamment ouvertes, il traversa la cour circulaire jusqu'à la porte d'entrée.

— Reste ici, dit-il. Je dois emmener cette femme dans la

clinique de Bullard.

Clinique ? Ceci souffrit à la vue du corps de leur passagère, si froid, si inerte, lorsque Brett le sortit doucement de l'arrière du véhicule. De ce qu'elle en savait, la pauvre femme était peut-être en train de mourir et ils l'avaient traînée en ville. À quel point se sentirait-elle coupable si elle venait à décéder ? Brett grimpa l'imposant escalier jusqu'à la porte d'entrée. Elle observa la scène à travers la vitre alors que la porte s'ouvrait automatiquement pour les laisser entrer dans le hall.

Reportant son attention sur le visage pâle de sa fille, elle se mordit la lèvre. Quels genres d'animaux pouvaient faire ça à des femmes et des enfants innocents ?

Ne sachant pas combien de temps encore elle allait rester là, elle inclina sa tête en arrière, ferma les yeux et berça doucement sa fille. Quelques minutes plus tard, sentant quelque chose bouger mais ne sachant pas vraiment quoi, elle ouvrit les yeux et regarda autour d'elle. Il y avait plusieurs molosses noirs, l'air méchant, assis de chaque côté de l'escalier circulaire, en bas.

— Bon, ça répond à la question, dit-elle doucement. Je ne sortirai pas toute seule.

Alors qu'elle se disait cela, Brett sortit en courant et descendit les escaliers en sautant une marche sur deux. Lorsqu'il atteignit sa porte latérale, elle baissa sa vitre.

Il lui adressa un grand sourire et dit :

— OK, allons faire examiner les enfants.

Elle désigna les quatre cerbères.

— Est-ce sans danger ?

Il se tourna vers les chiens, les fixa et émit un drôle de sifflement qui monta très haut à la fin. Comme s'ils venaient d'être libérés, ils sautèrent vers lui, tout excités, aboyant et remuant la queue. Il les accueillit chaleureusement. Quand ils furent suffisamment apaisés, il aida Ceci à sortir du camion, Jennifer dans ses bras. Brett tendit son bras à l'intérieur et attira doucement Jimmy vers eux afin de pouvoir le soulever. Une fois la portière fermée, il les guida jusqu'aux escaliers. Ceci était heureuse de le suivre et ne le laissa pas prendre trop d'avance. Les molosses le connaissaient peut-être, mais ils ne semblaient très pas heureux de la voir.

— Ne t'inquiète pas pour les chiens. Ils ne sont pas dangereux, à moins que tu ne sois un intrus. Je t'accompagne, ça ira.

À voix basse, elle murmura :

— Bien sûr. Comme si j'allais te croire.

BRETT RIT ET lui fit signe d'avancer, devant lui, dans le couloir. Il comprenait sa nervosité. Ces quatre-là, et ceux qui les avaient précédés, étaient des chiens de garde bien entraînés. Mais ils étaient aussi les animaux de compagnie de la famille. Bullard n'accepterait pas qu'il en soit autrement. Brett était d'accord. Chaque animal devrait avoir la permission d'avoir un bon côté. Trop souvent, les molosses avaient leur côté agressif dressé pour être dominants. Cela ne laissait à l'animal aucune chance d'être l'âme douce et bienveillante qu'il était à l'intérieur.

Foulant le grand hall en marbre, il gardait un œil sur Ceci. Bullard était différent. Avec un peu de chance, ils s'entendraient bien. L'homme de confiance de Bullard les attendait aux abords de la clinique. Seuls les amis étaient autorisés à pénétrer aussi loin à l'intérieur du bâtiment. Il avait une autre entrée pour ceux que Bullard n'avait pas envie d'inviter chez lui. Brett était déjà venu ici, tout comme la plupart des SEAL. Heureusement, ils n'avaient pas eu besoin de soins médicaux.

De la porte de la clinique, il pouvait voir la femme de l'ambassade allongée sur un lit. Sur le deuxième lit, à quelques pas, il allongea Jimmy, le calant contre l'oreiller. Faisant signe à Ceci de coucher Jennifer à côté de lui, Brett demanda :

— Comment va-t-elle ?

— Elle est inconsciente.

La réponse fut brève. C'était bien du Bullard.

Brett regarda Ceci et sourit. Elle étudiait l'homme massif posté devant elle avec un froncement de sourcils, une certaine appréhension flottant sur son visage.

— Tout va bien. Bullard peut paraître brusque, mais, au fond, il a un cœur en or.

— Mon nom ne commence pas par Bull pour rien, dit Bullard d'une voix laconique.

Il se redressa après avoir ausculté la femme afin d'étudier Ceci. Comme s'il comprenait d'instinct la peur qui la clouait sur place, son regard s'adoucit. Il tendit une main massive et dit :

— Salut, je suis Bullard.

Brett observa Ceci saisir doucement sa main dans la sienne avant de la lâcher rapidement.

Il s'approcha et la prit dans ses bras, la rapprochant.

— Nous pensons que les deux enfants ont été drogués, dit Brett.

Il fit un geste dans leur direction.

— Ils ont dormi trop profondément et trop longtemps, de manière totalement anormale.

Bullard releva le drap et couvrit la femme sur le lit avant

de jeter un coup d'œil aux deux enfants. Il vérifia leurs yeux, leur nez, leur gorge et leur pouls.

Il acquiesça.

— Nous pouvons faire des analyses sanguines si vous le souhaitez, mais il me semble qu'ils ont reçu une forte dose de somnifère.

Il se retourna pour leur faire face.

— La vraie question, ici, c'est pourquoi.

— Non, déclara Ceci d'une voix ferme. La vraie question est de savoir si mes enfants vont bien. Et si ce n'était pas un somnifère ?

À mesure que les derniers mots sortaient de sa bouche, sa lèvre inférieure trembla. Elle se mordit immédiatement, fort.

Bullard hocha la tête.

— Si je ne remarquais pas de signes de réveil, je commencerais à envisager de leur vider l'estomac sans attendre, dit-il. Aucun enfant ne devrait jamais être drogué. Quelle qu'en soit la raison.

Il agita la main pour désigner l'intérieur de la clinique et dit :

— Sauf s'ils souffrent d'une maladie grave ou subissent une opération majeure.

Il tourna son regard de nouveau vers les enfants endormis.

— Mais les assommer par commodité ?

Il secoua la tête.

— Non.

Brett observa Ceci porter la petite main de Jimmy à ses lèvres et l'embrasser doucement.

— Ils n'ont rien fait, pleura-t-elle. Nous étions, tous, au mauvais endroit au mauvais moment.

Bullard sourit.

— J'ai entendu ça beaucoup trop de fois au cours des trente dernières années.

Il pivota pour étudier Brett.

— Comme Brett. Tant de problèmes dans le monde touchent des innocents qui étaient juste là, au mauvais moment.

À cet instant, Jimmy émit un mignon petit ronflement. Il leva sa main pour frotter son visage avant de se retourner et de replier ses genoux contre sa poitrine, s'installant dans un sommeil plus normal.

Ceci sourit.

— C'est son premier mouvement naturel depuis des heures.

Elle se pencha et caressa la joue de Jennifer.

— Si seulement elle se réveillait, aussi, de ce si profond sommeil.

Comme en réponse à cette réflexion, la bouche de Jennifer s'ouvrit et un bruit mi-ronflement mi-soupir en sortit.

Ceci se tourna vers Brett, un sourire plein de larmes sur le visage.

— On dirait qu'elle commence à se réveiller.

Il hocha la tête, réjoui.

— Ils sont magnifiques.

Brett n'avait jamais vraiment ressenti le besoin ou même le désir d'avoir une famille auparavant. Mais maintenant, en regardant Ceci avec ses enfants, il se rendait compte qu'il avait envie d'avoir sa propre famille, que cela lui manquait. Il y avait beaucoup de choses sur le cocon familial qu'il ignorait. Ce qu'il avait vécu jusqu'à présent était très différent.

En levant la tête vers Bullard, il remarqua le regard complice dans les yeux du vieil homme.

Brett leva les sourcils, pas sûr d'apprécier l'éclat dans ce regard.

Bullard retourna vers la femme. Brett se dirigea vers l'autre côté du lit et leva le drap à la recherche de sa pièce d'identité.

— Elle n'avait pas de sac et il ne semble pas qu'elle ait quoi que ce soit sur elle.

— Nous devons découvrir qui elle est. Nous pouvons prendre ses empreintes digitales et les faire passer dans la base de données. Si elle travaillait à l'ambassade, ça ne devrait pas être trop difficile.

Brett approuva.

— Le kit est-il toujours au même endroit ?

— Toujours. Il est inutile de changer les choses de place.

Brett se dirigea vers les armoires métalliques qui s'étendaient du sol au plafond. Du côté gauche, il sortit le kit d'empreintes digitales. Il s'arrêta et le fixa. Puis il rit.

— Il est peut-être encore dans le même vieux placard, mais ce n'est pas le même vieux kit.

— Tout à fait, dit Bullard. Si la technologie de l'ennemi progresse, alors je dois m'y adapter, c'est évident.

À partir du scanner portable, Brett fit passer les images des empreintes de la femme dans la base de données. Il aimait ces appareils.

— Est-il connecté à ton ordinateur ?

Bullard regarda le scanner que tenait Brett et dit :

— Oui.

Il se rendit à un grand bureau sur lequel étaient installés plusieurs ordinateurs, en alluma un, tapa son mot de passe. En s'éloignant, il fit signe à Brett et lui dit :

— Utilise celui-là.

Brett tira une chaise, brancha le scanner d'empreintes

digitales et lança la recherche. Tous les membres du personnel gouvernemental avaient leurs empreintes enregistrées. Cela devrait être assez rapide. Ce fut le cas. En quelques minutes, un nom apparut.

— Amanda Goring.

Certaines parties de son dossier étaient accessibles.

— Elle a trente-sept ans, recrutée à l'ambassade depuis les deux dernières années. Entièrement formée aux armes, elle travaille en tant que traductrice. Elle parle sept langues.

— Ouah, je me demande ce que ça fait de parler autant de langues, dit Ceci plutôt envieuse.

— C'est le bordel, dit Bullard. J'en parle autant et parfois elles se mélangent toutes dans ma tête.

— Beaucoup de choses se mélangent dans ta tête, dit Brett en plaisantant. Nous essayons toujours d'en faire trop à la fois.

— C'est vrai.

Sur le mur éloigné, Bullard ouvrit un grand placard et sortit une machine à rayons X portable. Il la poussa vers la femme.

Brett se leva.

— Je peux aider ?

— Oui.

Suivant les instructions de Bullard, ils firent plusieurs radiographies. Lorsqu'ils eurent terminé, Bullard rangea la machine, puis entra dans une petite pièce située de l'autre côté.

Ceci dit :

— Il a vraiment tout ce matériel ici ? Pourquoi ?

La main de Brett alla automatiquement vers la sienne.

— Parce qu'il en a besoin. Pas tous les jours, pas tout le temps. Mais quand il en a besoin, c'est utile.

CHAPITRE 9

CECI NE POUVAIT pas imaginer que quelqu'un ait besoin de ce type de matériel chez soi. Elle comprenait que chez Bullard, c'était une clinique, située dans une zone isolée et déserte. Ce n'était pas ordinaire. Bullard était peut-être médecin, mais il ne correspondait absolument pas aux médecins généralistes qu'elle connaissait. Elle savait aussi qu'il y avait des secrets au sujet desquels elle n'obtiendrait jamais de réponses.

Brett appartenait à un monde qui restait une énigme pour elle. Son mari, Jimmy, avait fait partie de l'armée, mais son univers n'avait rien à voir avec ça. Il était employé aux archives. C'était ce qu'il aimait. Quand ils s'étaient mariés, Jimmy n'aspirait pas partir à l'étranger. Ce souhait avait changé à l'arrivée des enfants.

Brett, lui, était envoyé en mission, des missions incroyablement dangereuses.

Maintenant que les enfants se rétablissaient en sécurité, le soulagement laissait place à l'épuisement.

— Des nouvelles de l'ambassade ? questionna-t-elle.

Brett secoua la tête.

— Non. Mis à part le fait que mon équipe est arrivée pour trouver l'endroit désert. Et bien sûr, l'armée nie toute implication.

— Bien sûr.

Il lui fit un sourire amer.

Et elle comprit qu'il avait déjà vécu cela auparavant.

— Je suppose qu'il n'y a plus aucune chance d'obtenir nos passeports rapidement ?

Il secoua la tête.

— Nous devrions les avoir d'ici deux jours.

Elle poussa un soupir exagéré.

— Pour quelqu'un qui a dit qu'il n'y avait rien de nouveau, c'est déjà pas mal.

Il rit.

— Peut-être, mais ce ne sont pas exactement les réponses que nous attendions.

— Effectivement, mais c'est un début.

Regardant autour d'elle, la clinique si bien équipée, Ceci ajouta :

— C'est une salle incroyable.

Arrivant dans son dos et marchant si silencieusement qu'elle ne l'avait pas entendu, Bullard dit :

— Merci.

Elle sursauta.

— Mon Dieu, vous vous déplacez exactement comme Brett.

Il lui lança un sourire triomphant.

— C'est notre formation.

Ceci s'assit près du lit des enfants. Elle était fatiguée. Où étaient-ils censés passer la nuit ? Elle n'en avait aucune idée. Bien qu'elle se sente en sécurité ici, il lui semblait évident que ce n'était qu'une étape. Cela dit, si on leur offrait de rester, elle accepterait.

De toute façon, ils ne partiraient pas tant que les enfants ne seraient pas réveillés. Elle observa la femme inconsciente.

— Quelle est la gravité de ses blessures ?

— Quelques côtes cassées et apparemment, une fracture du crâne. C'est ce qui m'inquiète le plus.

— Vraiment ? dit-elle. Il n'y a presque pas de sang.

Bullard acquiesça.

— Cela arrive parfois.

— Ne devrait-elle pas aller à l'hôpital alors ?

Elle examina, une nouvelle fois, la clinique autour d'elle.

— Êtes-vous équipé pour pratiquer une opération ?

Brett s'esclaffa.

— Il n'y a pas grand-chose que Bullard ne puisse faire ici.

— C'est peut-être vrai, mais en fonction du cas, un hôpital pourrait être plus indiqué, précisa celui-ci.

Il considéra les traits d'Amanda.

— D'un autre côté, nous ne voulons pas que l'armée sache qu'elle est toujours en vie.

Bullard opina.

— En attendant, je vais la surveiller de près. Un œdème cérébral serait un problème. Si cela arrive, nous devrons faire quelque chose. Espérons que ça ira.

Il releva son regard vers Ceci.

— On dirait que tu as besoin de prendre un en-cas, peut-être une tasse de thé chaud, puis, aussi, un peu de repos.

Elle haussa les épaules.

— Ça ne sera pas suffisant si les enfants se réveillent.

Il éclata d'un rire tonitruant.

— C'est bien vrai. Que dirais-tu d'une tasse de café à la place ?

Elle le remercia pleine de gratitude.

— Ce serait merveilleux.

En quelques minutes, Ceci fut escortée jusqu'à un joli petit patio bordant la piscine, le jacuzzi et une espèce de jardin féerique. Avec l'obscurité qui s'installait, les lumières brillaient, c'était époustouflant. Elle resta émerveillée, n'osant plus bouger de peur que tout disparaisse. C'était tellement irréel. Derrière elle, Brett dit :

— N'est-ce pas magnifique ?

Elle se déplaça pour pouvoir le regarder.

— Je ne suis même pas sûre d'avoir les mots pour décrire ce que je vois.

— Bullard a toujours aimé l'extérieur. Cette combinaison de civilisation et de nature en est le résultat.

Il lui désigna les éclairages.

— Il a travaillé très dur pour obtenir le rendu qu'il voulait.

— Oh mon Dieu. J'aimerais avoir la même chose pour moi et les enfants.

Brett la regarda.

— Peut-être un jour. Tout ne peut pas se faire dans l'instant. Certaines choses ont besoin de temps.

Elle comprenait cela. Elle appréciait sa manière de voir les choses. Et elle aimait, vraiment, la maison de Bullard.

Quand elle se retourna, elle découvrit l'homme qui les avait initialement conduits à la clinique. Il tenait un grand plateau à son intention. Elle sourit et accepta la tasse de café.

— Où aimerais-tu manger ?

Ne voyant pas de table, elle promena son regard autour d'elle.

— Quelles sont les options ?

Brett intervint :

— Nous allons nous asseoir sur le patio près des piscines, Dave.

Dave approuva et dit dans un sourire :

— Bon choix.

Et il se fondit dans le décor.

— Patio ?

Elle admira le splendide tableau s'étalant devant elle, mais ne vit pas de quoi il parlait.

Brett lui tendit le bras, elle y donna le sien. Il lui fit emprunter quelques marches, vers la gauche.

— C'est comme au bon vieux temps, dit-elle avec un sourire.

Un silence gênant interrompit leur camaraderie. Ils arrivèrent alors sur une belle terrasse en béton estampé, entièrement entourée d'eau. Au centre, une petite cheminée décorative trônait sur une table, encerclée d'un canapé. Ceci descendit la marche pour s'asseoir sur le canapé.

— Oh mon Dieu, c'est tellement magnifique, dit-elle à voix basse. Je n'ai jamais rien vu de tel.

— Et tu ne le reverras peut-être jamais.

Brett s'assit à côté d'elle.

— Bullard est pour une grande part dans la création de tout ça.

Prise dans la magie du moment, elle se recroquevilla sur le canapé et sirota son café.

— Jimmy et Jennifer adoreraient.

— Oui, ils adoreraient, admit-il. Mais ce n'est pas du tout adapté aux enfants. Avec toutes les piscines et les fontaines, ils auraient besoin d'une surveillance constante.

Elle rit.

— Comme tout le temps.

— Vrai.

Il sourit.

— J'imagine qu'ils ne sont pas toujours faciles à vivre.

— Oh, c'est clair, dit-elle chaleureusement, ressentant, au plus profond d'elle-même, tout son amour maternel.

Mais, même avec tout ce qu'il s'est passé, je n'ai jamais regretté de les avoir eus.

— Je pense que c'est l'une des meilleures recommandations qu'il puisse être possible de donner.

Elle sentit son regard se poser sur elle, avant de se détourner, de nouveau. Elle se demandait à quoi il pensait.

— Tu ne t'es jamais marié, n'est-ce pas ?

Il se déplaça pour pouvoir s'appuyer contre le canapé, sa tête orientée vers le ciel.

— Non, je n'ai jamais trouvé quelqu'un que je voulais vraiment.

— Je suis désolée.

Il éclata de rire.

— Pourquoi ? demanda-t-il en haussant les épaules. J'ai été occupé. Je ne suis pas malheureux.

— Mais ce n'est pas la même chose de dire que tu te sens comblé et que tu as eu quelques années glorieuses.

Il tourna la tête vers elle et la dévisagea.

— Peux-tu dire ça ?

Instantanément, elle recula. Elle ne savait pas quoi dire. Évidemment, la réponse était non. Elle ne le pouvait pas. Elle prit une gorgée de café et sembla étudier les cercles tourbillonnant dans sa tasse. Elle donnerait cher pour changer de sujet, en ce moment.

Heureusement, Dave arriva alors avec un chariot chargé de vaisselle. Il dressa rapidement le couvert. Emerveillée devant le luxe de la table ainsi mise, Ceci lui sourit et murmura :

— Merci.

Il hocha la tête, une fois et dit doucement :

— Le dîner sera bientôt prêt.

Puis, il s'éloigna rapidement avec le chariot.

— Quel service.

— Dave était aussi un SEAL.

Surprise, elle pivota vers Brett.

— Vraiment ?

— Oui, il a perdu sa jambe gauche, à cause d'une explosion. Bullard est parti peu après. Depuis, il reste avec lui.

Elle grimaça.

— Ce n'est pas évident.

Brett haussa les épaules.

— Pas besoin que ça le soit.

— Eh bien, vous voilà tous les deux. Comme c'est romantique.

Brett rougit comme une tomate. Il se leva d'un bond et fut immédiatement englouti par les hommes présents.

Pas juste des hommes, mais des mastodontes aux muscles saillants et aux regards menaçants.

Ceci se recroquevilla dans son coin, ne sachant pas trop ce qu'elle était censée faire. Elle souhaitait pouvoir retourner auprès des enfants. Au milieu de tout ce tumulte, Dave revint avec plus de couverts.

De toute évidence, vu le nombre de tapes sur l'épaule, tout le monde se connaissait. Lorsque le groupe réalisa qu'ils étaient arrivés à l'heure du dîner, il y eut encore plus d'exclamations de joie. Enfin, l'atmosphère s'apaisa.

Brett se tourna vers Ceci et dit :

— Voici mes amis.

Et il les lui présenta un par un.

Elle avait conscience qu'elle n'arriverait jamais à retenir tous les noms. Certains étaient très spéciaux, comme celui de cet homme gigantesque qui semblait prêt à dévorer les couverts sur la table. Son nom était Swede. Et il y avait aussi l'ombre silencieuse derrière lui, à juste titre nommée Shadow.

En se déplaçant parmi eux, elle trouva finalement relativement aisé de mémoriser certaines caractéristiques à associer à leurs noms, ce qui lui faciliterait grandement leur reconnaissance. Se rendre compte qu'ils étaient tous des SEAL, en service, était non seulement intimidant et un peu accablant, mais cela lui faisait aussi réaliser l'écart existant entre leur monde et le sien.

Elle avait été mariée à Jimmy pendant un peu moins de trois ans, mais il n'avait jamais eu cette prestance. Il était en très bonne forme physique, mais il n'avait pas cet aspect dangereux, tranchant. Ces hommes étaient d'un autre acabit.

BRETT SAVAIT, QU'EN groupe, ils étaient écrasants. Individuellement, ils étaient tous imposants, mais lorsqu'ils étaient réunis, leur énergie débordante, bien que respectueuse et polie, était quand même difficile à gérer. Ceci s'était retranchée dans son coin et il resta à ses côtés, tout le temps. Il pouvait voir les regards complices de plusieurs de ses camarades, mais ce ne fut qu'à l'arrivée du dernier, qu'il réalisa à quel point cela pouvait sembler étrange. Chase était son meilleur ami. Il venait juste de trouver son âme sœur. Ses yeux se fixèrent immédiatement sur Ceci avant de revenir sur Brett, un sourcil levé. Il s'avança, tendit la main à Ceci et dit :

— Salut, Ceci. Heureux de te revoir.

Ceci lui sourit et serra sa main.

— Merci, ça fait longtemps.

À ce moment-là, Dave revint avec un chariot bien plus grand et qui semblait être suffisamment garni pour nourrir des dizaines de personnes. Alors que tout le monde prenait place, l'ambiance changea.

Dave disparut avant de revenir avec deux chaises hautes.

Ceci se leva d'un bond.

— Sont-ils réveillés ?

Dave attira son attention derrière elle. Elle se retourna pour découvrir Bullard avec un enfant dans chaque bras. Autour d'elle, elle pouvait sentir l'atmosphère se charger d'interrogations, comme si tout le monde essayait de deviner de qui étaient les enfants et quel était son rôle ici.

Jimmy et Jennifer tendirent leurs bras vers elle, criant de joie. Contrairement à elle, ils n'étaient pas intimidés par le nombre soudain d'hommes. Elle les serra fort contre elle, embrassa chacune de leurs joues, tout en leur chuchotant des petits mots doux. Elle les installa ensuite dans les chaises hautes. Il faisait déjà sombre dehors. Elle savait que leurs rythmes de sommeil seraient complètement perturbés à cause des drogues. Bullard réussit à se faufiler jusqu'à une place libre, à l'extrémité du canapé et s'assit.

Il rit.

— Dave est aux anges. Il me dit toujours d'inviter des gens pour qu'il ait quelqu'un à nourrir. Maintenant que vous êtes là, il va cuisiner pendant des jours.

— Et nous serons ravis de déguster ses plats, dit Swede, amusé. C'est bon de te voir, Bullard.

— Toi aussi. Pourquoi diable n'es-tu pas venu plus tôt ?

— Je n'avais pas besoin d'un emploi, dit Swede avec un grand sourire. Et je n'avais pas non plus besoin de soins médicaux.

— Peut-être que tu n'en avais pas besoin, mais j'ai entendu dire que d'autres pourraient en avoir besoin. Qu'en est-il de Dane et Cooper ?

— Ils vont bien, tous les deux. Même Levi, Merk et

Rhodes se remettent bien.

— J'en ai entendu parler.

La voix de Bullard s'approfondit :

— Ce n'est jamais bon.

Dave parla depuis le bord, de grands plats dans les mains, qu'il déposa sur la table.

— Et Stone ?

Il y eut un silence plus lourd. Mason prit la parole :

— Stone est en voie de guérison. Il faut un peu de temps. Comme tu le sais.

Dave acquiesça.

— Peut-être que je lui passerai un coup de fil.

Chase intervint :

— Fais-le. Il apprécierait.

Après cela, le sujet se porta vers des problèmes plus légers. Tout le monde se plongea dans les assiettes de ribs, de poulet, de pommes de terre et de légumes. Brett garda un œil attentif sur Ceci alors qu'elle nourrissait les enfants. Se penchant vers elle, il chuchota :

— Tu veux manger quelque chose ?

Elle lui adressa un sourire radieux.

— J'ai de quoi faire.

Brett se concentra sur son diner jusqu'à ce que Mason repousse son assiette vide et dise :

— Brett, qu'est-ce qui se passe à l'ambassade ?

D'une voix calme, Brett expliqua tout ce qu'il s'était produit depuis son arrivée. En conclusion, il ajouta :

— Dès le départ, Ceci m'a dit qu'elle se sentait inquiète, que son instinct lui disait de partir. Elle n'avait rien vu qui puisse le justifier, mais si nous étions partis plus tôt, nous aurions évité tout le reste, tout ce bordel.

— Ce qui aurait probablement conduit à la mort

d'Amanda.

Brett se tourna vers Ceci.

— C'est vrai.

Alors que les hommes échangeaient des idées, la conversation passa de l'armée aux États-Unis, à l'ambassade, chacun discutant du dénouement. Mason intervint et les informa :

— Les États-Unis ne reconnaissent pas qu'il y a eu une attaque à l'ambassade, mais ils ont assigné une équipe pour en reprendre le contrôle.

— L'endroit était vide quand nous sommes partis. Il n'y a donc probablement aucun contrôle à reprendre, dit Ceci en le regardant. D'ailleurs, quelle équipe ?

Il sourit.

— La nôtre.

CHAPITRE 10

CECI N'ÉTAIT PAS sûre de ce qu'elle ressentait. Elle comprenait, l'équipe était sur place. Comme ils n'avaient croisé personne au consulat, peut-être ne couraient-ils aucun danger ? Cela la dérangeait de penser que ces hommes retournaient dans ce cauchemar. Pourtant, en les observant, elle se rendit compte qu'ils avaient hâte. Elle secoua la tête. Qui aurait pu le savoir ?

Jimmy voulait descendre de sa chaise haute. Ayant dormi longtemps, il était plein d'énergie. Elle essaya de le divertir pendant quelques minutes, mais dès que Jennifer eut fini de manger, elle les détacha tous les deux et les emmena voir les lumières. Jimmy gigotait en direction des escaliers. Elle le laissa faire mais lui tint fermement la main. Elle lui expliqua doucement le danger de l'eau. Jimmy était déjà un bon nageur, il voulait juste y aller.

Dave apparut comme par magie à ses côtés, des serviettes à la main.

— Si les enfants veulent se baigner, emmenons-les dans le petit bassin où ils seront en sécurité.

Elle l'interrogea, surprise.

— Le petit bassin ? Une piscine ?

Il approuva et ouvrit la voie. Elle avait vu des éclairages au loin, mais n'avait pas réalisé qu'il s'agissait d'une grande piscine, décorée de lumières colorées. Jimmy se mit à crier de joie, totalement surexcité. En quelques secondes, il fut en caleçon et sauta dans l'eau.

À l'aise, il barbotait et s'égayait dans le petit bassin. Jennifer demanda à le rejoindre, mais c'était une autre histoire. Elle ne pouvait aller dans l'eau que si Ceci y était. Et Ceci n'avait pas de maillot de bain.

Elle n'avait presque rien. Si elle se mouillait maintenant, elle serait foutue.

Elle enleva ses chaussures et remonta son pantalon au-dessus de ses genoux. C'était tout ce qu'elle pouvait faire. Installée sur l'escalier, après avoir déshabillé Jennifer, elle la laissa jouer au bord de l'eau.

Avec les lumières, c'était magique. Elle avait envie d'en profiter aussi. Mais, en même temps, c'était agréable d'être assise, là, sur la marche supérieure, avec sa fille. Au son d'un plongeon retentissant, elle leva les yeux pour voir Dave à l'autre extrémité. Il traversa toute la piscine et surgit près de Jimmy, le faisant éclater de rire. C'est alors que Ceci réalisa qu'il était venu l'aider avec les enfants. Elle lui sourit en signe de remerciement.

Dave ne sembla pas s'en être rendu compte. Il était trop occupé à s'amuser avec Jimmy.

Pour la première fois, depuis plus d'une semaine, Ceci sentit une partie de la tension libérer ses épaules. Après tout ce qu'ils avaient traversé, c'était une pause idyllique dont ils avaient grand besoin.

Brett s'assit à côté d'elle, au bord de la piscine, son jean remonté au-dessus de ses genoux, pieds nus.

— Bullard a une sélection de maillots de bain pour tout le monde si tu veux aller nager.

Elle s'éclaira. Puis se ratatina sur place.

— Non, je devrais sans doute rester avec les enfants.

— Pourquoi ?

Il attrapa sa main.

— Je resterai ici avec Jennifer. Tu peux aller dans le vestiaire juste là.

Il désigna une petite structure en forme de cabane sur le côté.

— Vois si tu peux trouver quelque chose à te mettre. Nous sommes ici, alors autant en profiter. Je doute que tu aies beaucoup profité de vos vacances sur le yacht.

Elle ricana.

— Non, pas vraiment. C'était difficile avec les enfants.

— Ici, tu as presque une dizaine de baby-sitters. Nous sommes tous capables de nous occuper de ces deux-là. Vas-y, insista-t-il. Rappelle-toi que tu dois aussi vivre un peu et profiter de la vie.

Elle hésita, puis avec un grand sourire, elle se leva d'un bond, tendit Jennifer à Brett et courut vers le cabanon. À l'intérieur, il y avait une incroyable variété de maillots de bain, pour les deux sexes et pour tous les âges. Une porte de placard était ouverte avec un panneau en haut indiquant « Dames ». Un autre indiquait « Hommes » et un autre « Enfants ». Celui pour Jennifer était un peu grand, mais cela irait. Puis, elle se dénicha un maillot de bain qui pourrait lui aller.

Lorsqu'elle l'enfila, elle réalisa qu'il était beaucoup plus petit que ce qu'elle avait imaginé. En même temps, depuis ses grossesses, elle avait beaucoup plus de formes. Elle revêtit une tenue de plage par-dessus, puis repéra les serviettes. Elle en prit trois et les emmena dehors pour les ajouter à la pile que Dave avait déjà apportée.

Elle se sentait gênée, reconnaissante que les hommes ne la fixent pas. Elle déposa les draps de bain à côté de Brett, enleva sa robe et plongea. Dès que l'eau recouvrit sa tête, elle sut qu'elle avait fait le bon choix.

Son corps se réjouit alors qu'elle flottait insouciante. C'était tellement rafraîchissant, libérateur.

BRETT ÉTAIT CONTENT que Ceci ait décidé d'y aller. Sa mère l'avait mis au courant des dernières années de sa vie, avec et sans Jimmy. Brett s'était délibérément éloigné, pour se protéger de la douleur, de la colère. Ça n'avait pas été facile pour elle. Elle avait consacré sa vie à élever les enfants.

Il pouvait tout à fait imaginer que partir en croisière sur un yacht, pendant une semaine, était pour elle un cadeau. Il le comprenait. Tout le monde avait besoin d'une pause. Les choses ne s'étaient pas déroulées comme elle l'avait prévu, mais elle réussissait, malgré tout, à trouver un peu de plaisir dans la situation actuelle. Il admirait cela.

Sachant qu'elle était mal à l'aise, il avait détourné le regard quand elle avait enlevé sa robe. L'eau ne pouvait, cependant, pas camoufler la sirène devant lui. Elle était belle à l'intérieur et il savait déjà qu'elle l'était à l'extérieur. Mais la maternité avait donné une maturité à sa silhouette qu'il était difficile de ne pas remarquer. Ça lui allait bien.

Jennifer voulait retourner dans l'eau, alors il descendit pour qu'elle puisse barboter sur les larges marches, sa main la tenant en sécurité. Ce petit ange était vraiment adorable. Il n'avait pas été beaucoup en contact avec des bébés, mais grâce à la famille élargie de sa mère, il avait beaucoup d'expérience avec les enfants.

Ceci s'approcha et tendit les bras vers Jennifer, qui poussa des cris de joie et se jeta dans l'eau. Avec un rire, Ceci nagea un peu plus loin, laissant le bébé flotter. Brett s'assit en arrière, observant la mère et l'enfant.

Pour un homme, il y avait une certaine révérence dans cette scène. Quelque chose qu'il ne pouvait saisir… Ça ne l'avait jamais intéressé auparavant. Maintenant, il s'interrogeait : s'il avait un enfant à lui, auraient-ils un lien similaire ?

Des pas approchèrent. Il les reconnut avant que son ami ne parle.

— Est-ce que c'est sérieux ? demanda Chase. Tu es fou ? Elle t'a déjà blessé une fois.

Brett leva un sourcil. Ce n'était pas tout à fait ce à quoi il s'attendait.

— Je n'ai pas eu le temps d'y penser, dit Brett dans un sourire. J'essaye de la protéger.

Il leva les yeux vers Chase et ajouta :

— Elle a changé, tu sais.

Chase fronça les sourcils, son regard sur Ceci et Jennifer, dans l'eau.

— Vraiment ? Je ne veux pas te voir souffrir à nouveau.

— Ce n'est pas prévu, marmonna Brett.

Chase s'éloigna en direction des autres, laissant Brett à ses pensées. Aucune d'elles n'était bonne. Ceci était tout ce qu'il avait toujours voulu, mais elle avait mis fin à leur relation. Il en avait été dévasté. Il avait mûri depuis et le monde s'était rétréci. Il n'était pas sûr de pouvoir revenir à cette époque. Pouvait-il lui faire, de nouveau, confiance ? Elle avait détruit sa vie et l'avait laissé, brisé. Il n'avait aucune envie de revivre ça.

De plus, elle n'avait montré aucun intérêt pour lui. Ni pour personne d'autre, lui semblait-il. Elle avait perdu son mari, elle n'était peut-être pas être prête à passer à autre chose. Et il y avait un problème bien plus important – deux enfants.

Le téléphone sonna derrière lui. Il entendit Bullard répondre, puis des bruits de chaises tandis qu'il se frayait un chemin parmi le groupe, toujours rassemblé autour de la table. Quelques instants plus tard, il raccrocha et annonça :

— Notre invitée est réveillée.

Plusieurs hommes se levèrent et entrèrent dans la maison, là où elle se trouvait. Brett les regarda partir. Il était partagé. Il voulait l'interroger lui-même, mais il ne voulait pas laisser Ceci seule ici avec les deux enfants. Il croisa le regard de Dave, qui lui indiqua la maison.

Brett hocha la tête, remettant ses manches humides en place, puis suivit le groupe à l'intérieur.

CHAPITRE 11

— MERCI ET bonne nuit.

Ceci ferma la porte derrière Dave. Elle tenait toujours
Jennifer enveloppée dans une serviette et Jimmy marchait à
côté d'elle, mettant de l'eau partout.

— Allons prendre un bain chaud.

Elle traversa la magnifique chambre d'amis jusqu'à la
grande salle de bains. S'extasiant devant son aspect contem-
porain et moderne, elle remplit rapidement le fond de la
baignoire d'eau chaude, pour les enfants et entreprit de les
débarrasser du chlore. Après avoir shampouiné et rincé
Jimmy et Jennifer, elle les mit en pyjama et les coucha. Ils
montraient des signes de fatigue. Elle prit le seul livre qu'ils
avaient et leur raconta une histoire. Ses deux enfants
s'assoupirent promptement.

C'était son signal. Elle était toujours enveloppée dans
une serviette. Elle entra dans la salle de bains, la nettoya
rapidement, puis entra sous la douche. Enfin ! Elle se tint
sous l'eau chaude, laissant la chaleur libérer son corps. Il
faisait lourd dehors, presque humide, mais l'eau de la piscine
était fraîche. Elle aurait aimé avoir des nouvelles d'Amanda.
Elle se rinça puis coupa l'eau. Après avoir essoré ses cheveux,
qui lui arrivaient aux épaules, elle attrapa une serviette,
s'enroula dedans, ouvrit la porte et sortit. Retournant dans la
salle de bains pour chercher une deuxième serviette, elle se

sécha les cheveux. En revenant dans la chambre, elle se figea.

Brett était assis dans le grand fauteuil.

— Je suis désolé, je ne voulais pas te faire peur. J'ai appelé mais tu n'as pas répondu.

Il haussa les épaules.

— Après ce que nous avons traversé, j'avais besoin d'être absolument certain que tu étais en sécurité, alors je suis venu.

Elle leva les sourcils mais ne dit rien. Vu les circonstances, c'était, peut-être, compréhensible.

— D'accord, maintenant, tu sais que nous allons bien.

Elle se dirigea vers le placard et l'ouvrit. Elle poussa un cri de joie. Après avoir vu la collection de maillots de bain, elle s'était demandé s'il y aurait des vêtements dans la chambre. Elle n'avait pas envisagé une telle variété. Un peignoir pendait, accroché au dos de la porte. Elle l'enfila rapidement, et laissa tomber sa serviette.

Se sentant plus à l'aise, elle emmena la serviette dans la salle de bains où elle la mit à sécher. De retour dans la pièce principale, elle s'assit dans l'autre fauteuil.

— Comment va Amanda ?

— Inconsciente, de nouveau. Elle s'est réveillée brièvement, mais elle était assommée et à peine cohérente. Elle a dit quelque chose à propos d'un mouvement de personnel récent, qu'il n'y avait pas eu d'avertissement avant qu'ils ne soient rassemblés sous la menace d'une arme.

Ceci se laissa aller contre le dossier.

— Ça a dû être terrible, s'exclama-t-elle.

Brett approuva.

— Oui. Cela signifie également qu'il y avait un infiltré. Quelqu'un devait savoir que la plupart des gens quitteraient l'ambassade ce jour-là. Le timing était parfait.

— Normalement, tout le monde aurait dû être informé

des changements de personnel, des semaines à l'avance, dit-elle pensivement. Ils devaient donc avoir une bonne raison pour faire une modification aussi rapide.

— Apparemment, il y a eu un important remaniement au département. Elle pense, maintenant, qu'ils savaient peut-être qu'il y avait une taupe.

C'était tellement incroyable que ça en devenait logique. Ceci était désolée pour toutes les pauvres victimes de cette attaque, mais elle était soulagée que cela n'ait pas eu un impact mondial.

— Et maintenant, que va-t-il se passer ?

— Plusieurs choses. Les États-Unis ont presque terminé le traitement de vos passeports, donc, nous devrions pouvoir vous ramener chez vous bientôt. Peut-être demain. Es-tu d'accord pour rester ici avec Bullard jusque-là ? Et as-tu eu suffisamment d'interactions avec les employés de l'ambassade pour qu'ils risquent de se préoccuper du fait que tu puisses les identifier ou non ?

À son premier commentaire, son visage s'illumina puis se referma jusqu'à ce qu'il continue et enfin, finisse de parler. Le cœur de Ceci se mit à battre à tout rompre, sous l'effet de la panique.

Avec prudence, elle dit :

— C'est une bonne nouvelle pour les passeports. Je serai contente de rester ici.

Elle fronça les sourcils.

— Et oui, je pourrais identifier certaines personnes. J'ai été là-bas pendant plusieurs jours.

Il acquiesça.

— C'est ce que je craignais. Nous allons obtenir des photos du personnel qui a été abattu pendant l'attaque. Nous essayons aussi d'obtenir les enregistrements vidéo de la prise de contrôle de l'ambassade. Nous verrons si tu peux identifier certains des assaillants comme faisant partie du personnel avec lequel tu as interagi avant.

— En d'autres termes, tu veux savoir si je peux identifier certains des méchants en particulier.

Il opina.

Elle expira profondément.

— C'est effrayant.

— Oui, mais tu es en sécurité ici.

Son regard se porta sur ses enfants endormis, se demandant ce qu'il allait encore falloir affronter pour qu'ils puissent rentrer à la maison, en toute sécurité.

— Même si je peux les identifier, cela ne signifie pas qu'ils vont s'en prendre à moi, n'est-ce pas ?

— Nous ne pouvons rien affirmer. Cela dépend de la hauteur du poste que la taupe a obtenu et du fait de savoir, s'il était primordial ou non, que son identité soit tenue secrète. Les États-Unis travaillent déjà à rétablir l'ordre à l'ambassade. Cela signifie que quiconque, resté en fonction, sera en danger.

— Bien sûr.

Elle secoua la tête.

— Comment ma vie en est-elle arrivée là ? Tout ce que je voulais, c'était élever mes enfants en paix.

Elle lança un regard furieux par la fenêtre.

— Est-ce là une punition pour avoir pensé que je pourrais bénéficier de vacances sur un yacht ?

— Que tu aies osé sortir de la sécurité imposée dans ta maison ne signifie pas que tout ça soit de ta faute. Je ne sais pas comment tu t'es retrouvée au milieu de ce bazar. Ce que je sais, c'est qu'une fois que tout sera terminé, tu pourras retrouver ta vie, en toute sérénité. Tout ira bien.

— Je n'en suis pas si sûre.

La bonne nouvelle, c'était qu'ils étaient à l'abri ici. Pour pénétrer dans cet endroit, il faudrait toute une armée, elle n'en doutait pas. C'était un lieu idyllique pour patienter, elle était heureuse d'être là.

— Allez, va sauver le monde. Encore une fois. Je vais bien.

Il rétorqua, amusé :

— Ce n'est pas exactement ce que j'avais prévu de faire.

— Oh, pourquoi ça ?

— Parce que quelqu'un doit rester pour veiller sur toi.

— Et je suppose que tu t'es porté volontaire pour ce poste ? dit-elle d'un ton sec.

Intérieurement, elle était contente de savoir qu'elle ne serait pas totalement abandonnée. Elle aimait cet endroit, mais elle ne connaissait pas vraiment ni Dave ni Bullard. Et elle n'avait aucune idée de combien d'autres hommes vivaient là.

La voix de Brett devint froide alors qu'il disait :

— C'était une décision de groupe, mais elle a été rapide, étant donné que tes enfants sont plus à l'aise avec moi.

Immédiatement, elle se sentit bête. Il avait raison. Jimmy et Jennifer l'avaient accepté. Il y avait beaucoup d'hommes en bas et les enfants allaient bien pendant le dîner. Mais cela ne signifiait pas qu'ils seraient à l'aise, passés de l'un à l'autre. Son regard glissa vers son bébé qui dormait. D'une voix douce, elle murmura :

— Tu as raison. Je suis désolée.

— Tu n'as pas à l'être.

Il se leva et regarda la pièce autour de lui.

— Je suis dans la chambre voisine si tu as besoin de moi. Tu peux taper sur ce mur.

Il le lui désigna.

— Si je ne réponds pas, n'hésite pas à entrer dans la chambre. Je ne fermerai pas la porte à clé.

Elle secoua la tête.

— Tout va bien.

Il opina et retourna à la porte.

— Bien, alors bonne nuit.

Il sortit et ferma la porte brusquement. Elle le suivit et se tint là, se sentant idiote. Une ingrate. Elle ouvrit la porte et regarda dehors, pour le trouver en train de fixer le couloir.

— Je suis désolée, dit-elle. J'apprécie vraiment tout ce que tu as fait pour moi. Pour nous.

Elle toucha une corde sensible.

Il fit volte-face, les yeux sombres.

— La dernière chose que je veux, c'est ta gratitude.

Il entra dans sa chambre et claqua la porte derrière lui.

Ceci se sentit encore plus mal.

BRETT FIT QUELQUES pas dans sa chambre et baissa la tête. Quel idiot. Pourquoi cette situation le déstabilisait-elle autant ? Certes, ils avaient un passé, mais ils ne partageaient plus rien maintenant. C'était juste un travail. Il devait se souvenir de ça. Pourtant, il lui était presque impossible d'oublier l'odeur de Ceci quand il la tenait dans ses bras, la vue de son corps dans ce satané bikini ou bien encore, ce sentiment absolument incroyable quand il l'avait vue câliner Jennifer.

Ses enfants étaient formidables. Il savait qu'à un moment donné, il emprunterait la même voie et créerait sa propre famille.

Jamais, il n'avait envisagé d'adopter une famille déjà

constituée… jusqu'à présent.

Il se comportait comme un imbécile, parce qu'il n'y avait aucune chance pour qu'elle s'intéresse à lui. Lui non plus ne voulait pas emprunter, de nouveau, ce chemin avec Ceci.

On toqua à la porte. Il baissa la tête, sachant qui c'était. Il envisagea brièvement de ne pas ouvrir, puis réalisa que ce serait stupide.

Il ouvrit et balança :

— Quoi encore ?

Merde. Il se comportait comme un abruti.

Elle mordit sa lèvre inférieure. C'était un réflexe qui le distrayait. Il tendit sa main, caressa son menton et lui dit :

— Arrête ça.

Elle le fixa, furieuse.

— Sinon quoi ?

Un demi-rire s'échappa.

— Sinon… Je devrai faire ça.

Il attira son menton à lui, se pencha et couvrit ses lèvres avec les siennes. Quand il se recula, l'expression d'incrédulité totale sur le visage de Ceci le fit sourire.

— Qu'est-ce qui ne va pas ? taquina-t-il. Tu as oublié comment faire ?

Elle lui lança un regard étrange, puis ajouta :

— Je n'ai rien oublié.

Alors que le désir crépitait entre eux, elle fit demi-tour et retourna dans sa chambre. C'était à son tour de claquer la porte.

Il se tint dans l'encadrement, interloqué. Qu'avait-elle voulu dire par là ?

CHAPITRE 12

— C'EST UN jeu dangereux auquel tu joues, se murmura Ceci en s'asseyant dans le fauteuil.

Des tremblements parcoururent son corps. Qu'était-il arrivé à cette vie agréable et paisible qu'elle s'était construite ? Après la mort de Jimmy, elle était déterminée à rester célibataire, à se concentrer exclusivement sur l'éducation de ses enfants. Elle avait un objectif précis. Mais depuis tout ce bazar ? C'était comme si elle ne savait plus qui elle était.

Au fond d'elle-même, elle avait peur. Et si tout ce qu'elle avait fait auparavant n'avait été que de la dissimulation ?

Maintenant, tout lui apparaissait clairement.

Ce qu'elle était… Elle ne devrait pas se sentir aussi troublée par Brett. Il ne devrait pas y avoir ce désir… C'était trop tard. Elle était partie.

La passion avait toujours été une évidence entre eux. Alors, quel avait été le problème ? Toujours vêtue de son peignoir, les pieds sur la table basse, elle réfléchissait au passé. Il l'avait juste embrassée. Cela ne signifiait pas qu'il voulait une relation. De toute façon, elle ne pouvait rien faire. Pas avec les enfants.

En outre, elle n'était pas prête pour une nouvelle histoire. Elle ne le serait, peut-être, plus jamais. Elle avait changé. Plus mûre, veuve, mère. Elle envisageait les relations différemment.

À bien des égards, être mariée avait été agréable ; ce qui ne l'avait pas été, c'étaient ses rapports avec Jimmy. Il lui avait dit qu'il voulait être père, mais, finalement, ce n'était pas le cas. Lorsqu'il avait découvert qu'elle était enceinte de Jennifer, les choses étaient devenues très difficiles. Elle se demandait souvent s'il avait demandé à être envoyé à l'étranger. Prêt à faire n'importe quoi pour partir ? C'était l'une de ces affreuses angoisses, qui ne la quittait pas.

Elle ferma les yeux et murmura :

— Jimmy, qu'est-ce qui nous est arrivé ?

Elle savait, que si Jimmy n'était pas mort, ils se seraient probablement séparés à présent. C'était vraiment triste. C'était une des raisons pour laquelle elle craignait d'avoir vécu cachée, plutôt qu'épanouie… Se servait-elle maintenant de n'importe quelle excuse pour éviter de s'impliquer ? Pour éviter de prendre encore une mauvaise décision ? Pour éviter de se faire de nouveau du mal ? Envisageait-elle réellement de rester toute seule jusqu'à la fin de ses jours ?

C'était une jeune femme en bonne santé. Ses enfants n'avaient-ils pas besoin d'une figure paternelle ? Elle avait vu beaucoup de familles monoparentales de par le monde, certaines d'entre elles s'en sortaient vraiment bien. D'autres moins. Elle ne voulait pas que la sienne tombe dans la catégorie « moins bien ».

Elle se leva et se dirigea vers le placard. Cette sélection magique de vêtements lui offrirait-elle quelque chose pour dormir ? Il y avait un pantalon de pyjama qu'elle assortit d'un tee-shirt. Lorsqu'elle fut prête à se coucher, elle éteignit les lumières et se blottit contre ses enfants. Alors qu'elle ne s'y attendait pas, les larmes lui montèrent aux yeux. Elle ferait tout pour les protéger. Elle les serra tous les deux dans ses bras, les embrassa et se laissa lentement glisser dans le sommeil.

Elle était sur le point de s'endormir quand elle crut entendre du vacarme dehors. Elle se redressa brusquement de son lit, vérifia l'état des enfants, constata qu'ils dormaient et se précipita vers la fenêtre. Il lui fallut un moment pour réaliser que c'étaient les chiens qui aboyaient dans le coin, à l'arrière.

Elle ouvrit les portes du balcon et sortit. La soirée était douce et chaude. En voyant des hommes se faufiler à travers le fantastique jardin arrière, armes à la main, elle réalisa que la partie magique était un mirage. L'enfer existait toujours au-delà de ces portes sécurisées.

Et quelqu'un essayait de les briser.

Alors à quel point étaient-elles inviolables ?

— C'est bon, Ceci. Retourne te coucher.

Elle ne se retourna pas pour faire face à Brett, sachant qu'il était à quelques mètres de distance.

— Vraiment ? Quelque chose tracasse les chiens.

— Les hommes s'en occuperont.

D'accord. Elle ne voulait pas savoir ce que cela voulait dire. Les bras serrés autour de sa poitrine, elle pivota pour le regarder. Ceci en eut le souffle coupé et dut se retourner pour se concentrer sur la fraîcheur de la soirée, tandis qu'un impérieux désir la parcourait, éveillant tous ses sens endormis. Elle avait oublié dans quelle forme physique il était.

Même avant de devenir l'un des meilleurs, Brett faisait beaucoup de sport. Aujourd'hui, il avait des muscles plus imposants, son corps était incroyablement sculpté et sexy. Mon Dieu, où était sa volonté ? Et pourquoi cela la frappait-il maintenant ? Foutues hormones.

Elle secoua la tête.

— Pourquoi est-ce toi qui es venu me sauver sur le

yacht ?

— Pourquoi pas ?

Elle leva la tête vers le clair de lune qui brillait haut dans le ciel.

— En toutes ces années depuis notre rupture, je n'ai jamais imaginé me retrouver dans une situation nécessitant ton aide.

— Mon aide a toujours été là, mais ce n'était pas quelque chose que tu étais prête à accepter.

Elle médita là-dessus.

— Peut-être. Mais il me semblait toujours que ta vision de l'aide consistait à me fournir des solutions, quand j'avais besoin de trouver mon propre chemin.

— L'as-tu trouvé ?

C'était une autre de ses questions existentielles. L'avait-elle trouvé ? Non. Elle en avait trouvé une partie. Mais, comme elle ne lui en avait pas parlé à l'époque, il lui semblait inutile de l'évoquer maintenant. Pourtant, pour avancer, elle allait devoir surmonter cet obstacle : lui confier son secret.

Elle secoua la tête.

— Je ne sais pas, admit-elle.

Décidant qu'il était temps de partir avant que la conversation ne devienne encore plus dangereuse, elle fit demi-tour et se dirigea vers les portes-fenêtres en disant :

— Passe une bonne nuit.

— Ma nuit serait meilleure si j'étais avec toi, marmonna-t-il, doucement, dans l'air du soir.

Elle se figea au milieu du chemin et le regarda.

— Le penses-tu sérieusement ?

Il détourna son regard vers le coin du jardin où les hommes s'étaient rassemblés.

— Non, dit-elle avec force. Avant, je savais ce que tu

ressentais. Aujourd'hui, je n'en ai plus aucune idée. Pourquoi te soucierais-tu encore de moi ? Je suis partie, il y a des années.

Il acquiesça.

— Oui, tu l'as fait.

L'idée qu'il puisse toujours tenir à elle était un peu trop réconfortante pour la laisser en suspens. Effrayante aussi. Ceci avait commis beaucoup d'erreurs dans sa vie. Il en était une. Elle ne voulait pas la répéter. D'une voix douce, elle demanda :

— Est-ce que tu dis que tu tiens toujours à moi ?

Silence.

Peut-être qu'elle était allée un peu trop loin. Elle attendit, étudiant son visage impassible, l'air frais de la nuit caressant sa peau électrisée.

Finalement, il lui lança un regard fermé et dit :

— C'est ce que je viens de dire, non ?

Oui, bien sûr, la vraie question était jusqu'à quel point ? Mais, Ceci n'était pas disposée à le lui demander. Et apparemment, Brett n'avait aucune envie d'en dire davantage non plus.

À l'aube d'une nouvelle histoire potentielle, tous les deux étaient incertains, hésitants, elle lui adressa un rapide sourire et dit :

— Ce serait peut-être bien.

Puis, elle entra, refermant la porte fermement derrière elle.

— BIEN ?

Il secoua la tête en la regardant disparaître. Qu'est-ce que cela voulait dire ? Il reporta son attention sur le groupe dans le coin éloigné de la propriété. Que se passait-il ? Décidant que l'action valait mieux que l'inaction, il se dirigea vers sa chambre, s'habilla rapidement et descendit en courant pour en savoir plus. S'il y avait un lien avec Ceci, il devait le savoir.

— Brett ?

Entendant Swede, appeler à gauche, il changea rapidement de direction. Swede était dans l'ombre, surveillant la situation.

— Que se passe-t-il ?

— Deux hommes armés. Les chiens les ont attrapés, dit Swede avec un sourire sombre. Bullard a appris à ses chiens à s'asseoir et à attendre et quand l'ennemi grimpe par-dessus la clôture, ils les attaquent.

— La clôture n'est-elle pas électrifiée ?

Le sourire de Swede s'élargit.

— Bullard l'a désactivée pour qu'ils puissent entrer.

— Intelligent.

Cela lui permettait de savoir s'ils étaient de véritables menaces ou simplement en repérage.

— Ça aide aussi que Bullard ait des hommes armés en permanence ici.

Swede observa son visage.

— Tu sais que Bullard dirige des missions spéciales à partir de cet endroit, n'est-ce pas ?

— Je savais qu'il faisait quelque chose dans ce genre, mais je n'étais pas sûr de ce qu'il en était, exactement.

Swede renifla.

— Personne ne sait précisément de quoi il retourne.

— Quoi qu'il en soit, c'est bien de savoir qu'il existe des opportunités, pour plus tard.

Il ne précisa pas lesquelles. Swede le comprenait. Ce

n'était pas un sujet que les hommes évoquaient. Mais avec Levi et son unité contraints de considérer leurs options futures, cela préoccupait tout le monde. Dix ans passaient rapidement et c'était à peu près le temps d'engagement maximum pour les SEAL. C'était bien de savoir qu'il y avait d'autres possibilités, qu'ils pouvaient faire d'autres choses pour aider le monde. Il y aurait toujours une guerre quelque part.

— Tant qu'un de ces avenirs ne consiste pas dans le fait de rejoindre la marine normale, ça me va.

Swede lui tapa sur l'épaule et se glissa derrière les arbres.

— Ce serait peut-être amusant de passer au privé. Moins de règles et de réglementations de cette façon.

Brett suivit Swede à travers le sentier où un garde maintenait deux hommes au sol. L'équipe de Bullard retira la cagoule du visage de l'un des hommes. Des projecteurs furent dirigés vers lui.

— Mon Dieu, murmura Brett.

Swede se tourna pour le regarder.

— Tu le connais ?

Brett secoua la tête.

— Je ne le connais pas. Mais, il est passé à côté de moi, en montant les escaliers de l'ambassade, une femme l'accompagnait. Ils venaient de tirer sur trois employés. Les deux hommes qu'ils avaient laissés derrière eux essayaient de violer Amanda.

Le groupe échangea un regard et reporta son attention sur l'homme au sol.

L'un des hommes tendit la main et enleva la cagoule du deuxième. À ce moment-là, tout le monde se tourna vers Brett.

Il hocha la tête.

— C'est l'un des deux connards qui attaquaient Amanda.

Avec un changement dans sa voix, il ajouta :

— Je suppose que je ne l'ai pas frappé assez fort.

— Ils mériteraient plus que ça.

L'équipe de Bullard se divisa en deux groupes. Quatre hommes ramassèrent les intrus et les portèrent jusqu'à la maison. Les autres prirent position autour de la cour, en surveillance.

Comme toujours.

Bien sûr, Bullard avait des gens exceptionnellement bien formés dans son équipe. Quand on a été l'élite, on n'accepte que le meilleur.

Swede le poussa.

— Allons découvrir ce que ces types cherchaient.

Brett marcha à côté de lui.

— Je n'ai pas besoin de leur demander. Je sais déjà ce qu'ils cherchaient.

D'un regard acéré, il ajouta :

— Ils veulent Ceci et les enfants.

Et ils ne les auront pas. Pas tant qu'il serait en vie.

CHAPITRE 13

CECI NE POUVAIT pas dormir. Qui le pourrait, en sachant qu'il se passait quelque chose dehors ? Frustrée et, de plus en plus en colère, à mesure qu'elle restait allongée là à attendre que le sommeil vienne, elle se demanda quelles étaient ses chances de pouvoir découvrir quelque chose. En même temps, elle jeta un coup d'œil aux enfants, sachant qu'elle ne pouvait pas les abandonner, même brièvement. Il n'y avait personne ici pour les garder et elle ne les laisserait pas seuls dans un endroit inconnu. S'ils se réveillaient et la trouvaient partie, ils seraient dévastés.

Pas question. Elle se rallongea une fois de plus.

Des pas lourds descendaient le couloir. Elle se précipita vers la porte, l'ouvrit sans réfléchir. En effet, c'était Brett. De nouveau entièrement habillé :

— Que s'est-il passé ?

— Pourquoi ne dors-tu pas ?

Elle le contempla.

— Qui pourrait dormir avec tout ce qui se passe ?

Elle trépigna.

— Et tu ne me réponds pas ?

— Deux des hommes de l'ambassade. Celui qui était passé à côté de moi dans les escaliers et celui que j'avais assommé, pas assez fort. Les deux sont ici.

Elle poussa un cri.

— Oh mon Dieu. Ils en ont après moi ? demanda-t-elle incrédule. Pourquoi ? Et comment savent-ils où nous sommes ?

Brett grimaça.

— Il y avait peut-être un traceur GPS sur le camion.

— Quoi ?

Il était sérieux.

— Nous les avons menés directement jusqu'à nous ?

C'était impossible.

Il haussa les épaules.

— Je ne peux pas dire que chercher un traceur à désactiver ait été ma priorité. J'essayais de vous sortir tous les trois de là et de vous mettre en sécurité.

— Mon Dieu.

Bien sûr, ce n'était pas de sa faute. Il les avait sauvés d'une situation horrible. Mais apparemment, cela avait conduit ces enfoirés directement ici. Ça avait mis tout le monde en danger.

— Je dois m'excuser auprès de Bullard.

Brett rit.

— Il est probablement en train d'ouvrir une bouteille de champagne. Il ne refuse jamais un peu d'action.

Elle sourit, soulagée.

— C'est bien de savoir que c'est l'endroit idéal pour ce genre de choses… La quasi-totalité des personnes que je connais seraient complètement paniquées.

— Bullard ne le serait jamais.

— Ta mère le serait, plaisanta-t-elle.

L'humour atténua légèrement sa culpabilité.

— Ne la mêle pas à ça. Elle me donne déjà assez de fil à retordre ces jours-ci.

— Elle est adorable, dit Ceci. Mais je veux bien croire

qu'elle puisse être, parfois, un peu exigeante.

— Tu crois ?

Il sourit en la regardant.

— Ça n'a été que nous deux pendant si longtemps qu'elle pense que c'est son droit le plus strict de se mêler de mes affaires, sous prétexte que je n'ai personne d'autre pour le faire.

Son sourire s'élargit.

— Elle est terrifiée à l'idée que je ne me marie jamais.

— Le mariage n'est pas tout ce qu'on en dit, marmonna-t-elle.

— Je suppose que le mariage dépend de ce que tu y mets. Mais je n'ai jamais essayé, alors qui sait.

Il haussa les épaules en passant devant elle pour rejoindre sa chambre.

— Les enfants dorment toujours ?

— Oui.

Elle allait rentrer dans sa chambre, détestant cette danse maladroite d'une relation débutante. L'incertitude, les questions. C'était l'une des raisons pour lesquelles elle avait été heureuse d'épouser Jimmy. Elle voulait trouver « l'homme parfait » et se poser avant d'être trop vieille, avant que la vie lui échappe.

Cette prise de conscience était une pilule amère à avaler. Elle grimaça.

— Qu'est-ce qui ne va pas ?

Il s'approcha d'elle et tendit les mains pour la saisir par les épaules.

Elle le repoussa.

— Rien, juste une constatation difficile.

— Dis-moi.

Il ne demanda pas, il exigea. Mais peut-être avait-il le

droit étant donné les circonstances. Cela ne signifiait pas qu'elle voulait tout partager.

— Ce n'est vraiment rien. Juste quelque chose que je comprends mieux aujourd'hui qu'à l'époque. Par rapport à mes actes.

Il attendait, imperturbable.

— Si cela a quelque chose à voir avec moi, alors j'aimerais vraiment l'entendre, s'il te plaît ?

Elle fit la moue. Elle avait presque détruit sa vie à l'époque. Sans lui donner d'explication.

— Après toi, j'ai vécu plusieurs relations brèves. Je cherchais une certaine stabilité. Quand j'ai rencontré Jimmy, il semblait prêt à se poser, dit-elle. J'ai sauté la tête la première, non pas tant parce que je l'aimais, mais parce que j'étais amoureuse de ce projet de vie. Je voulais être mariée, fonder une famille. Ce que je viens de réaliser, c'est qu'en réalité, à ce moment-là, je me disais que si je ne faisais pas quelque chose de ma vie rapidement, j'allais manquer le coche.

Elle baissa les yeux vers le sol. Que venait-elle de faire ? C'était tellement idiot de lui avouer ça.

Comme il ne répondit rien pendant plusieurs minutes, elle leva les yeux et ressentit l'impact du choc qu'elle venait de lui occasionner malgré tout le temps écoulé.

— Pourquoi tu ne me l'as pas dit ? demanda-t-il. Nous n'avons jamais parlé de mariage à l'époque. Je pensais que tu n'étais pas prête.

Il pivota vers sa porte comme s'il était prêt à partir.

— Tu as épousé Jimmy six mois après notre rupture parce que ta vie t'échappait ? Combien de temps êtes-vous sortis ensemble avant que tu saches que tu étais éperdument amoureuse de cet homme ?

Brett savait quand ils s'étaient mariés ? Bien sûr, sa mère

lui avait dit. Il était loin de tout savoir, cependant.

Ceci prit une profonde inspiration.

— Je n'avais pas réalisé à quel point je me sentais déracinée, perdue. Quelque chose s'est passé, quand nous étions ensemble, qui m'a donné envie de fuir et de me cacher pendant un temps. Quand je suis sortie de mon cocon, quand je suis revenue à la vie, j'avais un impérieux besoin de prendre ma revanche. Je me sentais paniquée à l'idée que la vie m'échappe, que si je ne me mariais pas bientôt, j'allais tout manquer. La vie venait de me donner une terrible leçon quant à sa fragilité, quant à la valeur des relations et j'avais vraiment besoin de franchir cette étape. Seulement, je ne pouvais pas expliquer pourquoi – du moins, pas à l'époque.

Elle avança dans le couloir et commença à marcher de long en large.

— Les hommes avec lesquels je sortais étaient tous des paumés. Quand j'ai rencontré Jimmy, il semblait être la solution. Il voulait aussi se marier. Même si vers la fin…

Son ton s'atténua.

— Tu n'étais pas heureuse ?

Elle secoua la tête.

— Non, pas après la naissance de Jimmy Junior. Jimmy était heureux d'être marié, mais il n'était vraiment pas fait pour la paternité. Nous avons commencé à avoir de gros problèmes quand il a appris que j'étais enceinte de Jennifer. Ça l'a achevé. Je suis presque certaine qu'il a demandé à être envoyé à l'étranger. Comme si la mort était préférable à sa vie.

— Je suis désolé. J'entends ce que tu racontes, mais c'était il y a cinq ou six ans. Je suis sûr que lorsque tu regardes en arrière, tu peux te rendre compte qu'il n'était finalement pas nécessaire de ressentir ce désespoir.

Elle fit quelques pas de plus et se tourna vers lui.

— Oui, je comprends ça, maintenant, admit-elle. Mais, j'en étais totalement incapable à ce moment-là. Je ne t'ai pas encore tout dit…

Osera-t-elle lui avouer ? Si Ceci recommençait une relation avec Brett, elle voulait que celle-ci repose sur l'honnêteté. Elle n'avait pas été totalement sincère envers lui par le passé. Elle aurait dû l'être. Cela aurait tout changé.

Elle prit une profonde inspiration et ajouta :

— J'ai besoin d'être franche avec toi, si nous envisageons de recommencer quelque chose… Alors, je dois te dire la vérité sur ce qu'il s'est passé à l'époque. Après ça, tu ne voudras plus rien avoir à faire avec moi…

— J'ai vraiment de sérieux doutes là-dessus, répondit-il en secouant la tête. Mais s'il y a une explication sur la raison de ta rupture avec moi, j'aimerais l'entendre.

Elle baissa les yeux vers le sol, puis les releva lentement et le considéra.

— Tu vas avoir du mal à comprendre. Bon sang, il m'a fallu des années pour que je me l'explique.

— Je ne peux rien comprendre si tu ne me le dis pas, rétorqua-t-il, exaspéré, sans pour autant rompre le contact visuel, son regard la scrutant.

Observateur.

— J'ai mis fin à notre relation parce que… J'ai découvert que j'étais enceinte. Et… J'ai perdu le bébé, peu après.

Elle prit une profonde inspiration, examinant ses yeux s'assombrir de choc.

— Je me suis éloignée, après avoir perdu ton enfant.

— QUOI ?

Il se redressa lentement et fit un pas vers elle. Elle recula. Il s'arrêta et la contempla.

— Tu étais enceinte ?

— Oui, dit-elle en le regardant nerveusement. Pas long-temps.

— Et tu ne m'as rien dit ?

Il ne pouvait même pas commencer à traiter cette infor-mation.

— Pourquoi ? demanda-t-il.

— Parce que je voulais que tu veuilles m'épouser parce que tu m'aimais, et non parce que j'attendais ton enfant.

Elle ouvrit les bras.

— J'avais besoin que tu m'épouses parce que tu te sou-ciais de moi, pas parce que c'était ce qu'il fallait faire.

Il tendit la main comme pour saisir la sienne, puis la lais-sa retomber, impuissant, le long de son corps. Il était stupéfait. Il n'avait jamais imaginé ça.

Il se détourna et fixa sa porte. Que devait-il dire ? Que devait-il penser ? Que devait-il ressentir ? Une partie de lui se sentait trahie, au plus profond de lui-même. Il aurait pu avoir un petit garçon comme Jimmy ou une petite fille comme Jennifer. Rien qu'à lui. Seulement, ça s'était fini avant même d'avoir commencé. Confus, il ne savait pas quoi éprouver. Pourtant, en même temps, il voulait pleurer la perte de quelque chose qui était pour lui d'actualité, bien que cela remonte à des années.

Abasourdi, ses émotions chamboulées, il demanda :

— Si tu n'avais pas perdu le bébé, serais-tu restée ?

Il se pencha plus près, cherchant à percevoir la vérité dans son regard.

— Ou aurais-tu pris mon enfant et serais-tu partie ?

— Mon Dieu.

Elle courut vers lui et passa ses bras autour de sa poitrine.

— Je serais restée. Je ne t'aurais jamais fait ça.

Il l'entoura lentement de ses bras et la serra contre lui. Il murmura contre sa tempe, son cœur souffrant de la perte qu'il n'avait pas connue.

— Pourquoi n'avais-tu pas assez confiance en moi pour me le dire ? Si tu l'avais fait, nous aurions été une famille, nous aurions eu nos propres enfants à présent.

Il se recula pour pouvoir l'étudier.

— Tu t'es éloignée de moi si soudainement. Je n'avais aucune idée de ce que j'avais fait… Ou de ce que je pouvais faire pour arranger les choses.

Il la secoua légèrement.

— Tu ne m'as laissé aucune chance.

— Je savais juste que j'avais mal. Comme je ne t'avais pas parlé de la grossesse, j'étais incapable de t'annoncer ma fausse couche. C'était comme si j'avais fermé la porte et que je ne savais pas comment l'ouvrir. Je me suis détournée, je suis partie et je ne savais même pas pourquoi.

Ses yeux s'emplirent de larmes.

— Après, il y a eu du désespoir dans chacune de mes autres relations. Comme si je devais trouver un homme qui me donnerait un enfant pour remplacer celui que j'avais perdu.

En réalité, elle s'était éloignée en réalisant qu'elle avait fait une erreur, irréparable. Alors, elle avait essayé de tout retrouver, mais avec quelqu'un d'autre. C'était bête et stupide.

Elle recula et essuya ses larmes.

— Je sais que ça n'a aucun sens. Je ne me comprends pas moi-même. Cette pensée embrouillée me semblait, pourtant, cohérente, à ce moment-là. Je peux te promettre que ce n'était pas de ta faute.

Il ricana.

— Je sais que cela n'aide pas beaucoup.

— Ce qui importe, c'est la confiance. Tu ne me faisais pas confiance.

Elle tendit la main et caressa sa joue.

— Non, chuchota-t-elle. C'était moi. Je n'avais pas confiance en moi.

Ses larmes ruisselant sur ses joues, elle fit demi-tour et réintégra sa chambre.

CHAPITRE 14

L E LENDEMAIN MATIN, elle examina son reflet avec consternation. Son visage était enflé, ses yeux rouges et gonflés. Rien ne pouvait dissimuler les ravages d'une nuit de larmes. Elle avait fait de son mieux pour pleurer en silence afin de ne pas déranger ses enfants. Mais même après une douche chaude, elle avait l'air de ce qu'elle ressentait : de la merde. Pourquoi comprenait-elle seulement maintenant ses actions passées ?

Elle lui avait fait beaucoup de mal à l'époque. Elle venait de rouvrir cette blessure, de lui faire encore deux fois plus de mal. Elle aurait dû se taire. À quoi bon ? Et c'est ainsi que les larmes recommencèrent à couler. La blessure était fraîche, aussi brûlante et douloureuse que si sa perte venait de se produire. Elle avait eu deux beaux enfants, mais elle n'avait jamais retrouvé ce si bel amour.

Fixant le balcon baigné par le soleil matinal, les bras enroulés autour de sa poitrine, elle murmura à voix haute :

— Mon Dieu, qu'ai-je fait ?

— Ça va ?

La voix de Chase parvint de l'autre côté du patio derrière elle.

Elle renifla et essuya ses yeux.

— Non, mais ça ira.

— Hmm, je crois avoir entendu exactement la même

réponse de la part de Brett ce matin.

— Il passera à autre chose.

Elle, elle ne passerait peut-être jamais à autre chose, mais c'était son fardeau.

— Eh bien, au lieu de jouer les martyrs, habille-toi et descends les enfants pour le petit déjeuner. Brett a besoin de savoir que tu vas bien. Il se fait du souci pour toi.

La voix de Chase avait un ton dur.

Ceci opina.

— Tu ne m'as jamais vraiment appréciée.

— Je t'aimais bien, mais je t'ai détestée quand tu as fait du mal à Brett.

Sur ces mots, il tourna les talons et rentra.

C'était caractéristique du fonctionnement de Brett et de ses amis. Ils étaient toujours là les uns pour les autres. C'était quelque chose qu'elle ne connaissait pas. Elle avait grandi dans des familles d'accueil, sans frères, ni sœurs, ni parents. Sa famille élargie comptait beaucoup de membres, mais aucun ne voulait prendre en charge l'éducation d'une jeune fille. Elle n'était proche de personne, elle avait préféré s'isoler pour panser ses blessures. Leur présence discrète lui avait permis de maintenir de bons liens avec ses familles d'accueil. Elle avait été bien prise en charge. Mais ces relations restaient superficielles.

Comme en témoignaient celles qu'elle avait eues après Brett.

L'histoire se répétait.

Cela devait cesser.

Elle n'était plus la même femme. Maintenant, elle était une mère avec deux jeunes enfants à élever. Elle se tourna et découvrit Jimmy assis, se frottant les yeux. Elle le prit dans ses bras. Mon Dieu, qu'elle aimait ses enfants.

— On peut retourner dans l'eau, Maman ? demanda-t-il d'une voix endormie.

Elle rit.

— Peut-être plus tard.

Il s'habilla avec peu d'aide de sa part. Alors qu'il enfilait son tee-shirt, Jennifer commença à se réveiller. Son sourire matinal fit fondre le cœur de Ceci.

L'heure suivante fut remplie de plaisir et de rires alors qu'elle préparait ses deux enfants pour la journée. Ceci se vêtit rapidement. Portant Jennifer et tenant la main de Jimmy, elle rejoignit la partie principale de la maison.

L'endroit était grand et elle n'avait aucune idée d'où elle devait aller. Le dîner avait eu lieu à l'extérieur sur le joli patio, mais elle ne pensait pas que le petit déjeuner aurait lieu au même endroit. Alors qu'elle descendait les dernières marches, Dave apparut comme par magie.

Elle lui sourit.

— J'ai deux petits affamés, dit-elle.

Dans un geste qui la surprit totalement, Dave tendit les bras vers Jennifer qui se jeta dedans. Il lui donna une petite accolade et dit :

— Suis-moi.

Il les conduisit à l'extérieur, dans un endroit différent où se trouvait une grande table pouvant accueillir au moins quinze personnes. À une extrémité, il y avait deux chaises hautes. Dave attacha Jennifer dans la première, pendant que Ceci aidait Jimmy à monter sur la sienne sans qu'il interrompe son bavardage empli de mille questions.

Dave, avec une patience d'ange, répondit à chacune d'entre elles du mieux qu'il le put.

— Non, je ne sais pas comment ces chaises sont fabriquées. Ça doit être du plastique.

Jimmy passa ses doigts sur les chaises et sourit.

— Je peux faire des chaises avec des Lego.

— Les Lego sont parfaits pour construire toutes sortes de choses, commenta Dave. Je reviens bientôt avec le petit déjeuner.

D'une voix aiguë et riante, Jimmy dit :

— J'ai faim, j'ai faim, j'ai faim.

Et il se mit à taper sur la table. Jennifer suivit immédiatement son exemple. Il fallut plusieurs minutes pour les calmer. Lorsqu'ils furent enfin contents d'être simplement assis à contempler le jardin, Ceci s'installa dans sa chaise, détestant la fatigue qu'elle ressentait. Elle avait dormi mais ne s'était pas reposée.

Elle n'avait pas hâte de retrouver les SEAL. Tous étaient des amis de Brett et à présent, tous savaient qu'ils avaient un passé. Heureusement, aucun membre de l'équipe ne se montra. À la place, Dave revint avec des bols de céréales et des toasts pour les enfants.

— Que voudrais-tu pour le petit déjeuner, Ceci ?

— Du café. Mis à part ça, ça ira.

Dave désapprouva mais ne dit rien. Il disparut avant de revenir quelques minutes plus tard avec du café et un plateau chargé de nourriture visiblement destinée à la tenter.

Il y avait du yaourt, du granola, un bol de fruits frais ainsi que plusieurs sortes de muffins et un plateau de fromages. Elle admira la merveilleuse sélection s'offrant à elle.

— D'accord, maintenant, j'ai faim.

Dave se volatilisa aussi silencieusement que précédemment. Quand ses enfants virent son plateau, ils voulurent immédiatement le partager. C'était son quotidien.

Ceci adorait ça. Lorsqu'ils eurent fini, personne d'autre

n'était encore venu. Elle fronça les sourcils, car même si c'était un endroit idyllique, cela n'effaçait pas le fait que, la nuit dernière, deux intrus liés à l'attaque de l'ambassade avaient été interceptés, dans son enceinte. Elle voulait en savoir plus, mais ne savait pas où trouver les réponses.

Elle finissait son petit déjeuner quand Dave revint avec un chariot et un gant de toilette chaud. Il commença à nettoyer les mains et les visages des enfants. Elle était émerveillée.

— On dirait que tu as un peu d'expérience en la matière.

Il s'immobilisa et dit à voix basse :

— À un moment, oui.

Il aida Jennifer à descendre de sa chaise haute et la tendit à Ceci. Se rendant compte qu'elle avait ouvert une blessure, Ceci resta silencieuse jusqu'à ce qu'il ait fini avec Jimmy. Elle se leva et s'absorba dans la contemplation du paysage autour d'elle, ne sachant pas trop quoi faire avec les enfants maintenant. C'était le problème d'être une invitée, on n'était jamais tout à fait à l'aise, on ne pouvait pas vraiment faire comme chez soi.

— La salle de jeux pourrait être un bon endroit pour les enfants, proposa Dave.

Ceci se retourna pour lui faire face.

— Salle de jeux ?

Jimmy se mit à sauter.

— Salle de jeux, salle de jeux, salle de jeux.

Ceci, avec les enfants en remorque, suivit Dave alors qu'il les conduisait à l'intérieur de la maison.

— Pourquoi auriez-vous besoin d'une salle de jeux, ici ?

Dave expliqua :

— Parfois, des patients arrivent avec leur famille et doivent attendre des heures. Alors Bullard a fait installer cette pièce.

Ils arrivèrent devant une grande double-porte composée de panneaux de verre. Dave l'ouvrit et alluma les lumières.

Ceci s'arrêta, stupéfaite. Il y avait un grand toboggan au milieu de la pièce ainsi que de petits ilots d'activités dans chaque angle. À côté du centre, se trouvait une petite cuisine et un grand bac à sable rempli de camions.

C'était un coin de paradis pour jeunes enfants.

Jimmy lâcha sa main et se précipita vers les camions. Il s'assit au milieu du bac à sable et se mit à faire de forts bruits de moteur, manœuvrant les véhicules.

Ceci se tourna vers Dave et constata qu'il avait disparu.

— Cet homme est un vrai fantôme.

Elle posa Jennifer par terre et la laissa déambuler, essayant de tout voir. Lorsqu'elle parvint à attraper une balle avec des lumières clignotantes, elle rit. Ceci laissa ses enfants jouer et explorer, contente qu'il y ait un endroit sûr pour eux. Quelle merveilleuse idée. Il y avait un pouf sur le côté. Elle s'assit près des enfants et se détendit. Lorsqu'une voix l'appela depuis l'entrée, elle ne la reconnut pas. Mais quand Brett l'appela une seconde fois, elle se leva d'un bond.

— Désolé, je ne voulais pas te déranger, dit-il. Je ne te voyais pas, mais je pouvais voir les enfants.

Elle lui indiqua le fauteuil caché.

— Je me reposais juste.

— Mauvaise nuit ?

Elle haussa les épaules.

— J'ai connu mieux.

Alors qu'un silence gênant s'installait entre eux, elle intervint et demanda :

— Et les intrus de la nuit dernière ?

Instantanément, l'atmosphère changea. Brett s'approcha,

se pencha pour dire bonjour à Jimmy et Jennifer. Lorsqu'il se redressa, il lui répondit :

— Aucun des deux hommes ne parle. Bullard les remet à l'armée américaine pour interrogatoire. Espérons qu'ils pourront obtenir plus d'informations.

Elle acquiesça.

— Hier, tu m'as dit que je pourrais peut-être rentrer chez moi aujourd'hui. Est-ce toujours d'actualité ?

Encore une fois, il hocha la tête.

— Nous n'avons pas encore les passeports. Dès que j'en saurai plus, je te le ferai savoir.

Elle se tourna pour admirer la superbe salle de jeux.

— C'est un super endroit pour attendre.

— C'est tout Bullard. Il pense toujours aux autres.

— Y a-t-il quelque chose que je puisse faire pour vous aider dans l'enquête ?

— En fait, oui. C'est l'une des raisons pour lesquelles je suis ici. J'espérais que tu accepterais de visionner les images que nous avons recueillies.

— Aucun problème, tant que je peux emmener mes enfants.

— Si ça te convient, Dave pourrait les surveiller.

Elle arqua un sourcil.

— Je suis sûre que Dave a des choses plus importantes à faire.

La voix de Brett s'adoucit.

— Non, je ne pense pas que Dave ait quelque chose de plus important à faire que de passer du temps avec des enfants.

Se souvenant de la réaction de Dave un plus tôt, elle opina. Elle ne connaissait pas son histoire, mais, visiblement, il aimait les enfants.

— Dès qu'il sera disponible, je viendrai.

Une fois de plus, de sa manière si discrète, Dave se matérialisa derrière Brett et énonça :

— Je suis là.

Ceci laissa Brett ouvrir la voie en direction de la clinique, mais il obliqua d'abord dans une grande pièce. En entrant, elle chuchota :

— Qu'est-ce qu'il y a entre Dave et les enfants ?

Brett la considéra, puis baissa la voix et dit :

— Il a perdu sa femme et ses deux enfants, il y a environ dix ans.

Elle lui lança un regard choqué.

— Ils sont morts ?

— Sa femme a emmené leurs enfants et est retournée chez elle, sans le lui dire, alors qu'il était en mission. Lorsqu'il l'a finalement retrouvée, il a découvert qu'ils avaient été tués dans un accident de voiture, deux jours plus tôt.

— C'est terrible, s'exclama-t-elle, horrifiée. Il les a perdus deux fois.

— Exactement.

Cela venait juste lui rappeler quelque chose, qu'elle savait, mais, qu'elle avait occulté jusqu'à présent : tout le monde avait une histoire. Tout le monde avait des problèmes, des ennuis. Certains petits et d'autres grands, certains anciens et d'autres récents. Dans dix ans, toute cette aventure ne serait plus qu'un petit incident dans son parcours. Elle devait profiter au maximum de ce moment et rentrer chez elle, en sachant qu'elle ne verrait probablement plus jamais rien de tel.

À l'intérieur de la salle de réunion, plusieurs ordinateurs portables étaient ouverts. Elle présuma que d'autres personnes viendraient les rejoindre. En se dirigeant vers un ensemble de chaises vides, elle s'assit et prit la pile de photos.

Elle feuilleta rapidement la première douzaine sans reconnaître qui que ce soit, mais dans la dernière série, elle s'arrêta.

Elle tapota le visage d'un homme et fronça les sourcils.

— Je pense l'avoir vu à l'ambassade.

Elle posa la photo sur la table et compulsa les autres.

— Je ne reconnais personne d'autre.

Elle lui rendit la pile.

— Y en a-t-il d'autres ?

Il désigna les ordinateurs portables.

— Nous avons quelques vidéos de l'ambassade.

Presque dès le début de la diffusion, elle le stoppa.

— Lui. C'est celui qui a procédé à mon enregistrement. J'ai rempli les formulaires avec son aide, puis il m'a montré ma chambre.

Brett la bascula vers un autre flux d'images. Lorsqu'elle arriva à celle d'une femme marchant à côté d'un homme, elle dit :

— Je l'ai vue aussi, mais je ne sais plus quand.

Brett prit plusieurs notes, puis leva les yeux et lui sourit.

— Merci pour ton aide.

Elle se redressa un peu maladroitement.

— Y a-t-il autre chose que je puisse faire ?

Il secoua la tête.

— Non, c'est tout.

Ceci pouvait sentir la distance, qui s'était installée entre eux, elle détestait ça. Avec cette froideur omniprésente, il lui semblait impossible de l'aborder, pourtant elle devait essayer.

— Ce n'est probablement pas le bon moment, mais il n'y en aura peut-être pas d'autre…

Elle tendit une main vers Brett.

— Écoute, tout ce que je peux dire, c'est que je ne suis plus la même personne qu'il y a six ans. J'étais jeune, perdue et en deuil. Mes pensées étaient embrouillées, je ne voulais pas te blesser. Je souffrais trop pour pouvoir considérer la douleur de quelqu'un d'autre. Ce n'est pas une excuse, mais c'est ce qu'il s'est passé.

Sur ces mots, elle tourna les talons et trouva l'entrée remplie des coéquipiers de Brett. Zut. Ils avaient probablement tout entendu. Évitant le contact visuel, elle les contourna et retourna rapidement auprès de ses enfants.

Au moins, elle s'y sentait en sécurité. Peu importait qu'il n'y ait pas d'autres relations dans son avenir. Elle savait quel était son rôle dans la vie. Elle était la mère de Jennifer et Jimmy. Cela serait suffisant.

— TOUT VA bien ? demanda Markus en entrant.

Il tapa légèrement sur l'épaule de Brett.

— Je viens juste d'arriver. Désolé d'avoir été absent hier soir. On dirait que c'était bien amusant.

Le sourire de Brett fut spontané. Il comprit au regard attentif de Markus qu'il voulait s'assurer qu'il allait bien.

— On dirait que Ceci et toi avez un passé ensemble ?
Markus leva un sourcil.

— Un lien avec les enfants ? demanda-t-il.

C'était du Markus tout craché, direct et sans détour. Brett savait que les autres écoutaient. Il savait également qu'ils comprendraient que tout ce qu'il leur dirait était confidentiel et personnel. Mais peut-être que cela les aiderait à concevoir les dynamiques en cours.

Il prit une profonde inspiration.

— Ceci et moi étions en couple, il y a six ans. Elle est

tombée enceinte, a fait une fausse couche et m'a quitté juste après. Je ne l'ai appris qu'hier soir. J'ai passé des mois à errer dans la confusion, puis je me suis relevé et j'ai continué. Six mois après notre rupture, elle s'est mariée avec un militaire. Il est décédé en Irak, il y a deux ans.

Plusieurs hommes grimacèrent.

— Cela a dû être dur pour elle, dit Markus en prenant une chaise et en s'asseyant. Quel est son lien avec ce chaos ?

N'étant pas sûr que les autres aient entendu tous les détails, Brett s'installa et les mit, Markus et eux, au courant. Il désigna le visage que Ceci avait identifié.

— Elle dit que c'est l'homme qui lui a attribué sa chambre et a entamé les démarches pour obtenir les passeports.

— Et toujours aucune trace de lui ?

— Non et nous n'avons toujours pas retrouvé le personnel qui est parti en réunion et n'est jamais revenu.

— Shadow a une piste à ce sujet. Nous allons bientôt partir enquêter.

— Quelle sorte de piste ?

Mason prit le relais :

— On a vu un véhicule de l'ambassade, garé dans un entrepôt abandonné, à plusieurs kilomètres d'ici. Nous n'avons pas la confirmation de la plaque d'immatriculation, mais il n'y a aucune raison pour qu'il soit stationné là. Nous partons donc du principe que le personnel a été pris en otage.

Brett secoua la tête.

— Partons du principe qu'ils ont été tués.

Il indiqua les vidéos sur les ordinateurs portables.

— Dans l'ambassade, la femme que j'ai trouvée était la seule survivante.

— Et nous aimerions lui parler.

Dave parla depuis l'entrée.

— Amanda s'est réveillée, de nouveau. Vous pouvez y aller quelques minutes, maintenant.

Alors que tout le groupe se levait, Dave les observa et précisa :

— Elle est assez nerveuse, alors limitez-vous à seulement deux hommes.

Mason désigna Brett.

— C'est toi qui l'as sauvée, alors Markus et toi y allez.

Avec Markus à ses côtés, Brett suivit rapidement Dave.

— Comment va-t-elle ce matin ?

— Mieux. L'œdème a diminué.

— C'est bon à savoir.

En entrant dans la clinique, il put constater que Dave avait raison. Amanda était assise et analysait son environnement. Bien que son regard soit encore empreint de douleur, il y avait une lueur dans ses yeux bleus.

Bullard était à ses côtés. Alors que Brett et Markus approchaient, Brett surprit Bullard expliquant doucement à la femme qui ils étaient.

Elle tendit la main et dit d'une voix chaleureuse :

— Merci de m'avoir sauvée.

Brett lui serra la main, appréciant la poigne ferme derrière le corps d'apparence fragile.

— Je suis content d'être arrivé à temps.

Elle sourit.

— Moi aussi.

Markus s'avança davantage.

— Que pouvez-vous nous dire ?

Elle se lança dans le récit des événements de sa journée.

— C'est arrivé soudainement, raconta-t-elle. On nous a emmenés de force au garage. Les hommes ont été interrogés et comme ils n'avaient rien à offrir, ils ont été abattus, un par un.

Elle écarta les mains.

— Ils m'ont battue. L'un des coups portés à ma tête était assez fort, j'ai perdu connaissance. Malheureusement, je ne sais pas quoi vous dire d'autre.

— Avez-vous reconnu l'un d'entre eux ? demanda Markus.

— Non. Mais je pense que l'un de mes collègues, oui. Chester a été abattu en premier.

Elle haussa les épaules.

— Il y avait aussi un sourire étrange sur le visage de l'homme quand il l'a abattu, comme s'il savait qu'une balle n'était pas ce à quoi Chester s'attendait.

— Pensez-vous que Chester était impliqué ? Qu'il a été trahi ? demanda Brett. Ceci, qui séjournait à l'ambassade, a également été sauvée. Elle a identifié l'un des hommes sur les vidéos de sécurité. Elle m'a dit qu'il avait commencé les démarches pour elle et lui avait montré la chambre où elle et ses enfants logeraient.

— C'était bien Chester.

Elle les fixa.

— Je ne sais pas ce qu'il lui est passé par la tête. Je n'aurais jamais imaginé qu'il ferait une chose pareille.

— On ne comprend jamais vraiment ce qu'il se passe dans la tête des gens, dit Markus. Je suis sûr que l'enquête révélera qu'il avait une circonstance atténuante. Ça pourrait être aussi simple qu'un besoin d'argent.

Amanda leva son regard vers Markus.

— Chester était un parieur repenti. Mais dernièrement, il me semblait que quelque chose le rendait de plus en plus nerveux.

Elle se frotta la tempe.

— Avez-vous une idée sur la façon dont les assaillants sont entrés ? Je présume qu'ils n'ont pas simplement utilisé la porte principale.

Markus se dirigea vers le bout du lit.

— Non, dit-elle. Je n'en ai aucune idée. Chester avait peut-être quelque chose à voir avec ça.

Son teint devint livide, comme si elle prenait conscience seulement maintenant de l'énormité de la trahison de son collègue et ami.

— C'était terrible, murmura-t-elle. Le tireur les a simplement abattus. Il s'en fichait.

— C'est souvent le cas, confirma Brett en se penchant et en tapotant doucement sa main. Vous êtes en sécurité ici. Concentrez-vous sur votre rétablissement.

Amanda reporta son attention sur Bullard et questionna :

— Vraiment ? J'ai entendu du bruit quelque part dans la nuit. Je ne savais même pas où j'étais.

— Reconnaissez-vous ces gens ?

Markus lui présenta plusieurs photographies.

— La femme. Elle est venue à l'ambassade quelques fois.

Markus acquiesça et tint deux autres photos.

— Et celles-ci ?

Elle les étudia et son visage s'empourpra sous l'effet de la colère.

— Celui de gauche est l'homme qui a abattu Chester. Je ne reconnais pas le second, mais je n'ai pas pu voir tout le monde. Il y avait quelqu'un qui parlait à l'arrière du garage. Je ne saurais pas l'identifier.

— C'est suffisant. Ces deux hommes ont été capturés, à l'extérieur des jardins, ici, hier soir.

Elle recula dans son lit.

— Ils sont ici ? s'écria-t-elle. Comment nous ont-ils trouvés ?

— J'ai volé un camion sur le parking de l'ambassade, admit Brett. Je n'avais pas réalisé qu'il disposait d'un suivi GPS. Ou que ces hommes y auraient accès.

Amanda se concentra sur lui, sa compréhension était encore un peu lente. La colère colora de nouveau son visage.

— C'est Chester. Il a insisté pour que nos véhicules soient équipés de traceurs. Il disait que c'était pour notre sécurité, gronda-t-elle. On dirait que c'était surtout pour protéger son propre cul.

— Eh bien, il ne s'inquiétera plus de rien maintenant, il est mort.

Elle détourna la tête et fixa le mur blanc.

— Autre chose ou puis-je me rendormir un peu ? Je suis vraiment fatiguée.

Brett était prêt à la laisser se reposer, mais Markus avait encore plusieurs questions. Au moment où elle répondit, elle avait vraiment l'air affaibli.

Bullard intervint et annonça :

— C'est suffisant pour l'instant. Vous pourrez l'interroger plus tard. Pour le moment, il est temps qu'elle dorme.

Il chassa Markus et Brett de la pièce. Brett ne savait pas vraiment que penser. Ils savaient qu'il y avait une taupe à l'ambassade. Maintenant, ils avaient son nom.

— Je vais commencer à chercher ce que je peux trouver sur Chester.

— Non, retourne auprès de Ceci et des enfants. Nous nous en occuperons.

Brett le considéra.

— Pourquoi ?

— Parce que tu es trop impliqué.

— Être impliqué est une mauvaise chose ? protesta-t-il.

— Permets-moi de reformuler. Tu es trop distrait. Va régler tes différends avec Ceci. Nous allons avoir besoin de tous les hommes disponibles. Nous avons besoin que tu gardes la tête froide.

Merde.

CHAPITRE 15

SUR LA DEMANDE insistante de Jimmy, Ceci sortit les enfants de la salle de jeux pour se rendre dans le hall principal, espérant apercevoir Dave. Jennifer et lui voulaient vraiment retourner nager. Elle ne savait pas si elle avait besoin d'une permission ou non. En plus, ce serait mieux si ses enfants avaient des maillots de bain cette fois-ci.

— Maman, ils sont là-bas.

Jimmy désigna le couloir d'où provenaient des voix.

— Non, Jimmy. Ce n'est pas parce qu'il y a du monde là-bas que Dave y est.

Il essaya de l'attraper pour la tirer dans la direction où il voulait aller.

— Dave est là-bas, dit-il.

Elle entendait les voix, mais elle n'identifiait pas le ton de celle de Dave. Elle secoua la tête.

— Non, Dave ne fait pas partie de ces hommes.

— C'est parce que Dave est derrière toi.

Elle fit volte-face pour découvrir Dave, là, debout devant eux, avec un grand sourire sur le visage.

— Je ne m'habituerai jamais à la façon si silencieuse dont vous vous déplacez tous.

Jimmy franchit en courant les quelques pas qui les séparaient et leva les bras. Dave le souleva avant de le mettre sur ses épaules.

— J'ai entendu dire qu'ils aimeraient aller nager.

— Nager, dit Jennifer en agitant ses petites mains vers Dave.

Il tendit la main et secoua doucement ses petits doigts.

— C'est par là. Allons-y.

— Es-tu sûr que tu n'as rien de plus important à faire ? demanda-t-elle. Je n'aimerais pas te détourner de ton travail.

— Mon travail est de rendre les invités heureux.

Il secoua Jimmy sur son épaule.

— Donc, en ce moment, c'est ce que je fais.

Il les conduisit à la piscine et dans la petite cabane à côté. Cette fois-ci, elle eut du mal à les changer, car ils étaient très impatients de sauter dans l'eau. Finalement, elle parvint à les mettre tous les deux en maillots de bain et à les accompagner, dehors, près du bassin. Dave les attendait, changé.

Jimmy sauta tout seul et Jennifer fit de même, juste après. Dave tendit les bras et la souleva avant de la laisser retomber sous l'eau, ce qui la ravit.

Il fit signe à Ceci.

— Maintenant, va mettre un maillot.

Elle n'avait pas besoin qu'on le lui dise deux fois. Elle se précipita vers la cabine et enfila prestement le même maillot de bain que la veille, fraîchement lavé.

Elle attrapa un tas de serviettes et retourna dehors. Après avoir déposé les draps de bain sur le bord, elle dit :

— Merci.

— Ne me remercie pas. C'est moi qui devrais te remercier.

Après lui avoir tendu Jennifer, il se rendit dans le cabanon et en sortit plusieurs jouets gonflables. Il y avait un grand cygne dans lequel il installa Jennifer, pour qu'elle puisse patauger en toute sécurité, ainsi qu'un bateau de pirates que Jimmy revendiqua rapidement. Dave étant là pour surveiller les enfants, Ceci en profita pour faire quelques longueurs.

Il lui semblait que ça faisait longtemps qu'elle n'avait pas pu avoir une activité physique. Elle n'était pas très en forme et c'était une opportunité qu'elle ne pouvait pas laisser passer. Lorsqu'elle ralentit enfin et redressa la tête pour revenir vers les enfants, elle entendit une autre voix masculine. C'était Brett.

Elle allait devoir affronter la situation à un moment donné. Se forçant à faire un geste de salut joyeux, elle articula :

— Salut.

— Salut à toi.

Dave sortit Jimmy du bateau de pirates et le lança vers Brett. Ceci réalisa, alors, qu'il était dans l'eau aussi.

Jimmy poussa des cris de joie alors que les deux hommes se renvoyaient le garçon, le laissant tomber dans l'eau juste pour déclencher son rire. Ceci était émerveillée de voir comment ces hommes se comportaient avec ses enfants. C'était quelque chose que son mari n'avait pas pris le temps de faire. Il n'avait pas vraiment compris ce que signifiait avoir un enfant et avait manqué beaucoup de choses.

Dave s'excusa après quelques minutes et proposa :

— Je reviens dans un petit moment. Que diriez-vous d'une tasse de café et peut-être d'un encas pour les enfants ?

Elle lui sourit.

— Merci. Ce serait charmant.

Elle le regarda s'éloigner, remarquant pour la première fois sa prothèse. Elle ne l'avait même pas remarquée auparavant.

— Il ne m'était jamais venu à l'esprit que les prothèses

pouvaient aller dans l'eau.

— Bullard et son équipe travaillent sur plusieurs proto-types. Ce que tu vois aujourd'hui pourrait bien être un modèle très différent, demain.

Ça lui plaisait.

— Bien, peut-être qu'ils pourront lui faire pousser une nouvelle jambe, plaisanta-t-elle à moitié.

— Qui sait ? Peut-être dans le futur.

Brett remit Jimmy dans le bateau de pirates et lui donna une impulsion pour qu'il aille vers sa sœur, qui s'amusait à jouer avec les ailes mobiles du cygne. Un silence gênant s'installa.

— Des nouvelles ?

Cela semblait être la seule chose qu'elle lui demandait ces jours-ci.

— Juste un peu de la part d'Amanda.

Elle écouta pendant qu'il lui expliquait ce qu'ils avaient appris, réalisant que même s'il y avait de petites pièces du puzzle qui s'assemblaient, rien de tout cela ne modifiait sa situation. Elle était toujours en attente de ses passeports.

— Je suis certaine que vous allez résoudre ça. Vous at-trapez toujours votre homme… ou votre femme, ajouta-t-elle à la fin avec un grand sourire. N'est-ce pas ?

Il la scruta. Une réaction qu'elle n'avait pas prévue.

— Ou pas.

Il plongea. Elle le contempla alors qu'il se déplaçait dans l'eau avec la grâce d'un dauphin. Évidemment, ils avaient encore beaucoup de choses à régler, mais elle était pleine d'espoir. Elle le voulait comme ami, si c'était tout ce qu'il y avait. Il avait joué un rôle clé dans son sauvetage et dans celui de ses enfants. Elle lui en était reconnaissante.

Sortant Jennifer de l'eau, elle l'enveloppa dans une serviette et s'assit au bord de la piscine, en observant Jimmy patauger dans son bateau. Son sentiment de malaise avait disparu. Elle se sentait en sécurité. Même s'il y avait eu deux intrus, elle avait confiance en Bullard et en son équipe. Peut-être avait-elle tort de se détendre, mais son corps semblait avoir sa propre opinion.

Séchée, Jennifer se dirigea vers l'herbe où elle s'assit et essaya de ramasser plusieurs brins avec ses petits doigts. Ils étaient trop courts, mais elle continuait à essayer. Elle rit en voyant les poignées de brins lui échapper.

Assise de manière à pouvoir surveiller ses deux enfants, Ceci gardait un œil attentif sur eux.

Dave revient rapidement avec un plateau. Il le posa sur la table et appela Jimmy.

— J'ai apporté des fruits et un peu de fromage. Tu veux une collation ?

Jimmy sauta immédiatement par-dessus le côté du bateau et nagea jusqu'aux escaliers. En quelques secondes, il fut là pour vérifier le contenu du plateau. Ceci prit Jennifer dans ses bras et lui donna plusieurs morceaux de fruits.

Dave posa une tasse de café sur la table et annonça :

— Voilà.

Il n'y avait qu'une seule tasse. Elle le regarda.

— Tu n'as pas apporté de tasse pour Brett ?

Dave fit un signe de tête en direction de la piscine. Elle se tourna et vit Brett s'éloigner vers la cabine pour se changer.

— Merde, murmura-t-elle doucement.

— Certaines blessures mettent plus de temps à guérir.

Sur cette note énigmatique, Dave reprit le plateau avec lui, la laissant seule avec ses enfants. Elle ne s'était, vraiment, jamais sentie aussi seule.

BRETT AVAIT ENVIE de s'éloigner, mais il ne le pouvait pas. Non seulement, en ce moment, il était responsable de sa sécurité, mais il savait qu'il était incapable de partir en laissant cette distance s'installer entre eux. Il sortit de la cabine avec une serviette sur ses épaules et se força à s'asseoir à la table.

Les enfants semblaient heureux et satisfaits, ce qui en disait long sur leur mère. Il acceptait le choc qu'avait été la fausse couche pour elle.

Il ne comprenait pas son silence. Il avait toujours été là pour elle. Cela n'aurait pas été différent cette fois-ci.

La confiance était une chose fragile. Une fois brisée, elle mettait longtemps à guérir.

— Je t'ai répété que j'étais désolée, dit-elle d'une voix basse et triste. Il n'y a rien d'autre que je puisse dire pour arranger les choses.

Il s'affala dans la chaise et ferma les yeux. Il n'était pas sûr d'avoir la réponse. Il sentit un mouvement sur le côté. En ouvrant les yeux, il vit Dave poser une grande tasse devant lui. Avec une tape sur son épaule, il fit demi-tour et s'éloigna à nouveau.

— Comment se fait-il qu'il sache et voie tout ? s'étonna-t-elle doucement.

— L'une des spécialités de Dave est de lire les gens.

— Je ne savais pas que c'était quelque chose qui pouvait s'apprendre.

Il lui fit face et dit :

— Est-ce que cela aurait fait une différence si ça avait été le cas ?

— À l'époque, probablement pas. Le choc était horrible. Quand j'ai découvert que j'étais enceinte, cela ne m'a pas rendue heureuse, j'étais juste ahurie. Quand j'ai réalisé que j'étais absolument ravie, il était déjà trop tard. Puis, j'ai perdu le bébé.

Elle secoua la tête.

— Et l'hébétude s'est propagée.

— Moi qui pensais qu'on construisait quelque chose. Quelque chose de sérieux. Mais tes actions…

Elle le considéra.

— C'est pour ça que je te l'ai dit.

Elle secoua la tête.

— Je ne veux plus de secrets. Je suis ce que je suis. Mais je ne suis plus celle que j'étais autrefois.

S'il y avait une chose qu'il était capable de comprendre, c'était cela. Il but une gorgée de café et réfléchit à la suite des événements.

— Tu as eu le temps de te remettre de cette épreuve. Pour moi, c'est comme si ça venait d'arriver.

— Chaque jour, je souhaite que les choses aient été différentes. Mais c'est le passé, je ne peux rien y faire.

Elle joua avec ses mains.

— Pourtant, j'aimerais pouvoir.

Il éclata de rire.

— Merci pour ça.

Cette fois, quand il sourit, c'était profondément sincère. Et Ceci éclata en sanglots.

CHAPITRE 16

— MAMAN, QU'EST-CE qui ne va pas ?

Jimmy se blottit contre son épaule, sa main caressant maladroitement ses cheveux et son visage. Il posa sa joue contre celle de sa mère et enlaça fermement son cou.

— Ça va aller, Maman.

Jennifer se mit à pleurer, à côté d'elle.

Et cela ne fit qu'accroitre les pleurs de Ceci. Enserrant ses bras autour de son fils, elle l'étreignit contre elle. Ses enfants étaient la pierre angulaire de sa vie, la force qui l'avait maintenue debout toutes ces années. Elle les aimait tellement.

Le monde bascula, de façon assez inconfortable, lorsqu'elle fut soulevée, ses deux enfants toujours dans ses bras et assise sur les genoux de Brett, qui l'enlaça. Lorsqu'il effleura doucement son front d'un baiser, d'autres murs s'effondrèrent. Des murailles dont elle n'avait même pas conscience... Mon Dieu, elle avait tellement aimé cet homme. Il avait été son âme sœur. Et puis, elle avait perdu le bébé et d'une manière ou d'une autre, il avait fallu qu'elle le fuie. Il avait raison, elle aurait dû le lui confier. Mais elle avait été trop choquée, elle souffrait trop. Tout ce qu'elle avait voulu, c'était fuir. Et elle l'avait fait.

Et aujourd'hui, où cela les menait-il ? Elle avait déjà une famille. C'était beaucoup lui demander.

Son souffle contre son oreille, il lui murmura :

— Doucement, Ceci, calme-toi. Tu vas te rendre malade.

Elle essaya de reprendre le contrôle de ses émotions. C'était difficile. Maintenant que ce barrage avait cédé, il n'était pas facile à arrêter. Mais ce n'était pas le moment. Ses enfants étaient bouleversés et le seraient encore plus si elle ne se maitrisait pas rapidement.

Comme par miracle, Dave apparut à leurs côtés, il tendit les mains vers les deux enfants et annonça :

— Je pense qu'il est temps d'aller manger une glace.

Le visage de Jimmy s'illumina :

— Glace ?

Puis il jeta un coup d'œil à sa mère et dit d'une voix chagrine :

— Maman est triste.

Sur ce, les pleurs de Jennifer redoublèrent.

Dave prit les deux enfants dans ses bras et dit à Jimmy :

— Tu sais, je pense que Brett peut s'occuper de maman pour l'instant. Elle n'est pas blessée, elle a juste besoin de pleurer un peu. Et, moi, je pense que les larmes cessent beaucoup plus vite en mangeant de la glace.

Alors, il rebroussa chemin en emmenant les deux enfants vers la maison. Laissant, pour la première fois, Brett seul avec Ceci.

— Dave est un homme intelligent, admira Brett.

— C'est un homme rusé. J'apprécie vraiment qu'il s'occupe des enfants en ce moment.

— Tu ne t'es pas vraiment laissé le temps de pleurer, n'est-ce pas ?

Elle secoua la tête.

— Au début, je ne savais pas comment faire, après, je

n'avais plus de temps pour ça.

Ses épaules se soulevèrent dans un haussement impuissant.

— Comment faire ça avec des enfants ? Répondre à leurs besoins prend le dessus. C'est dans la solitude de la nuit que la douleur frappe.

Il la déplaça doucement dans ses bras, prenant une position plus confortable.

— Peut-être que ça devait se passer ainsi. Regarde-nous. Tu es à nouveau célibataire et dans mes bras. J'ai du mal à t'en tenir rigueur.

— Même après ce que je t'ai avoué ?

Il acquiesça.

— Même après ça. J'aurai besoin d'un peu de temps pour m'ajuster. Il ne fait aucun doute que ça a été un choc. Ça fait mal, admit-il. J'aimerais avoir des enfants, à moi, un jour.

Blottie dans la chaleur de son étreinte, Ceci se demandait comment elle avait réussi à s'en sortir gagnante. Elle pensait sincèrement que Brett ne voudrait plus jamais rien avoir à faire avec elle. Brett était un homme d'honneur. Il était bon à l'intérieur, pas seulement bon dans ce qu'il faisait. Passer quelques moments comme ça avec lui, seuls, était un cadeau. Un présent qu'elle était déterminée à savourer. Ses enfants reviendraient bientôt avec leurs glaces, mais en attendant, ils avaient l'occasion de réparer certaines choses.

— Je suis vraiment désolée.

— Moi aussi, murmura-t-il.

Il ouvrit la bouche pour ajouter quelque chose, mais elle ne l'entendit jamais à cause de la fulgurance du bruit des tirs de mitrailleuses déchirant l'air. Elle se leva d'un bond, alors que Brett sprintait déjà vers la maison.

Elle courut derrière lui, criant :

— Oh mon Dieu, mes enfants. Où sont mes enfants ?

Les tirs cessèrent un instant avant d'éclater dans une autre partie de la maison.

Les vitres se brisèrent. Ceci entendit des jurons. Puis le bruit d'un véhicule s'éloignant à toute vitesse.

Mon Dieu, pitié, qu'ils n'aient pas pris ses enfants. Elle se précipita à l'intérieur, essayant d'éviter les éclats de verre, tout en tentant de se diriger vers la cuisine. Ne connaissant pas la disposition de la maison, elle n'avait aucune idée d'où celle-ci se trouvait.

— Ici, cria Brett en courant dans un long couloir.

Elle le suivit, paniquée.

Plusieurs autres hommes les rejoignirent. Franchissant les doubles portes de la cuisine, elle vit Dave, debout devant les deux enfants, du sang s'écoulant de son cuir chevelu, tenant deux armes dans ses mains. Jimmy et Jennifer auraient pu pleurer, mais, à cet instant, ils étaient seulement préoccupés par leurs cornets de glace.

Le soulagement la terrassa presque. Elle les souleva tous les deux dans ses bras, glaces comprises.

Jimmy cria :

— Dave a des pistolets. Il a de gros pistolets.

— Oui. C'est cool.

Ses bras tremblaient tellement qu'elle ne savait pas si elle était capable de les porter bien plus loin. Il y avait un très grand cercle de chaises, devant une fenêtre, sur un côté. Elle s'y dirigea et s'effondra.

Elle ne pensait pas pouvoir faire un pas de plus. Elle ne laisserait plus jamais ses enfants seuls. Elle jeta un coup d'œil aux hommes, regroupés, en pleine discussion. Ils se séparèrent et disparurent.

Dave arriva à ses côtés, ses armes volatilisées, un chiffon mouillé pressé sur sa tête. Il s'assit et demanda :

— Comment vont-ils ? Ils vont bien ?

Les larmes envahirent ses yeux alors qu'elle opinait.

— Grâce à toi.

— Je ne pense pas qu'ils en avaient après les enfants. Je pense qu'ils t'en voulaient, à toi.

Il l'étudia attentivement.

— Il doit y avoir une explication.

Elle secoua la tête.

— Je n'en ai aucune idée. Je n'ai rien fait. Je n'ai pas été là assez longtemps pour être impliquée dans quoi que ce soit. J'ai juste montré l'homme que j'avais vu, c'est tout.

Elle s'interrompit et se figea.

— Et la femme…

Son regard s'affûta et il se pencha en avant.

— Qu'as-tu vu ?

— Je me suis souvenue de quand je l'ai vue. C'était le premier soir. Je suis allée dans la salle à manger et je me suis assise près de la porte. Il y avait un groupe d'hommes dans un coin qui n'a pas prêté attention à moi. Ils parlaient de plans.

Elle secoua la tête.

— Je n'ai pas vraiment compris. Même si j'étais toujours nerveuse, j'étais tellement heureuse d'être là-bas. Je voulais remonter dans ma chambre avec les enfants. La femme de la vidéo est sortie de la cuisine. Elle leur a parlé brièvement, puis a ri. Avant de partir, son regard a balayé la salle et elle m'a remarquée.

Ceci se recula et fixa Dave.

— Est-ce que ça compte ?

— C'est possible. Cette femme fait partie du groupe militaire dissident. Ils tentent de prendre le contrôle du gouvernement.

Il hocha la tête en réfléchissant.

— Elle doit te considérer comme un témoin gênant.

— N'y a-t-il pas déjà eu un coup d'État ici, récemment ?

Dave sourit.

— Absolument. Il y a seulement quelques mois, mais un nouveau gouvernement prend du temps pour se consolider. Donc, un autre coup d'État en ce moment aurait du sens.

— Et elle dirige ce groupe ?

Dave acquiesça.

— Oui. Elle ne peut pas être associée à l'attaque de l'ambassade. Ce serait une trahison et pour l'instant, elle ne peut pas dévoiler ses intentions. Le timing est crucial, surtout dans ce type d'action. Des rumeurs circulent à son sujet depuis des années.

— Pourtant, il doit y avoir beaucoup de gens qui l'ont vue à l'ambassade, protesta Ceci. Je ne suis personne.

— Tu es exactement ce qu'elle ne peut pas se permettre…

Il se pencha en arrière.

— Réfléchis. Les seuls survivants de l'attaque sont ici, à la maison.

Elle s'enfonça plus profondément dans le fauteuil, son esprit obsédé par le chaos.

— Puis-je partir rapidement ? M'éloigner de tout ça ?

— Nous pourrions peut-être te ramener chez toi demain soir.

Il marqua une pause.

— Penses-tu vraiment que rentrer chez toi est plus sûr qu'ici ?

Elle secoua la tête.

— Non, sûrement pas.

— Ils ont toutes tes coordonnées personnelles.

Elle le regarda et se mordit la lèvre.

— Je veux juste rentrer chez moi.

Elle se tourna pour étudier le groupe d'hommes qui avançaient.

— Quelqu'un est blessé ?

— Deux gardes. L'attaque visait à faire sortir les intrus de la nuit dernière et à neutraliser Amanda.

Il esquissa un léger sourire.

— Les hommes ont été remis aux autorités ce matin et Amanda a été déplacée, il y a une heure.

— Alors, on n'a rien ?

Tous les hommes la fixaient. C'est Mason qui prit la parole et dit :

— On t'a, toi.

BRETT ASSURAIT LE premier quart auprès de Ceci et des enfants. Mais il savait que deux membres de son unité seraient à proximité en permanence. Hors de question de faire autrement.

La deuxième attaque était survenue trop rapidement après de la première. Bullard était hors de lui. Non seulement, il opérait ses hommes blessés, mais sa maison avait été prise pour cible. Il voulait des réponses sur comment et pourquoi. S'il y avait une chose que Bullard détestait, c'était de montrer une quelconque infériorité. Il en aurait le cœur net et vite.

Jusque-là, Ceci, Jimmy et Jennifer, bien qu'ils n'aient jamais vraiment été seuls, seraient, maintenant, sous surveillance constante.

Brett espérait qu'ils pourraient la ramener chez elle dès que possible. Cependant, cela ne garantissait pas sa sécurité. Il serait peut-être plus facile de la protéger ici. Une fois de retour dans son quotidien, elle serait éloignée de la situation et sa vigilance pourrait s'amoindrir.

Et cela, il ne le voulait pas. Elle devait être constamment sur ses gardes. Elle devait être extrêmement prudente jusqu'à ce que tout cela soit réglé.

Ça ne serait pas si simple.

CHAPITRE 17

QUAND ENFIN, CECI glissa la clé de secours dans la serrure de sa maison et entra à l'intérieur, elle fut envahie par un tel sentiment de soulagement que les larmes lui montèrent aux yeux – encore une fois. N'avait-elle pas assez pleuré au cours de cette semaine ? Après la dernière attaque, tous les efforts avaient été déployés pour la ramener chez elle, le plus rapidement possible. Cette décision avait été prise, car tant qu'elle serait là-bas, tout le monde serait une cible. Il serait plus facile de la protéger sur son propre territoire.

Elle se moquait bien de leur raisonnement.

Elle était chez elle. De joie, elle avait envie de danser et de chanter. Cependant, elle devait d'abord s'occuper de ses deux enfants grognons. Brett, qui avait été constamment à ses côtés au cours des deux derniers jours, déchargeait les bagages. Bullard les avait renvoyés chez eux avec plusieurs tenues que les enfants avaient portées chez lui et Dave les avait gâtés avec des jouets et des friandises. La dernière journée avait été stressante. Elle n'avait pas réussi à se détendre avant l'embarquement dans l'avion. A ce moment-là, les enfants avaient perdu patience et étaient exécrables.

Elle laissa tomber son sac sur la table, retira ses chaussures avant d'ôter prestement le manteau et les chaussures de Jennifer. Sa pauvre petite fille était épuisée. Il était très tard.

Le vol s'était déroulé sans encombre. Ils avaient même réussi à récupérer leurs bagages et à passer la douane en un temps record. Malgré tout, les déplacements restaient éprouvants. Ils étaient tous fatigués, prêts à aller au lit.

Dans la chambre de Jennifer, Ceci lui enfila son pyjama et la coucha. Celle-ci n'émit qu'un petit gémissement avant de s'endormir.

Jimmy ne fut pas aussi docile. Il était trop excité, trop stressé. Elle réussit à le mettre en pyjama et le porta jusqu'à la cuisine pour lui donner un verre de lait chaud avec une collation.

Finalement, c'est Brett qui le prit dans ses bras et l'emmena dans son lit. Elle le suivit, déposa un baiser sur son front et le borda.

Alors qu'elle se tenait dans l'encadrement de la porte, les vêtements sales dans sa main, elle sourit en regardant son fils. Dieu merci, ils étaient chez eux. Bien sûr, cela ne signifiait pas qu'elle pouvait se reposer. Pas avec ses enfants. Elle se dirigea vers la machine à laver et y mit les vêtements qu'ils avaient rapportés. Dans la cuisine, elle trouva Brett en train de fouiller dans le réfrigérateur.

— Nous sommes partis pendant des semaines. Il n'y a rien, lui rappela-t-elle.

Il acquiesça.

— Je peux commander une pizza ?

— Vas-y.

Ce dont elle avait vraiment besoin, c'était d'une douche. La nourriture pouvait attendre. Elle se dirigea vers sa chambre et alluma la lumière. La pièce était exactement telle qu'elle l'avait laissée. Cela lui procura un certain réconfort.

Elle se dévêtit et entra, nue, sous l'eau chaude. Elle faillit pousser un cri d'extase.

Après s'être lavée les cheveux deux fois, elle sortit de la douche. Elle s'enveloppa dans une serviette et se dirigea, encore humide, vers sa chambre où elle ouvrit les portes de son placard et sourit en regardant son contenu. Enfin, elle avait à nouveau accès à ses vêtements. Elle enfila rapidement son pyjama, ajouta ses vêtements sales à la machine, avant de la mettre en marche et de retourner dans la cuisine, en continuant de brosser ses cheveux mouillés.

Brett était en train d'ouvrir une boîte de pizza. Elle n'avait même pas entendu sonner à la porte.

— Wow, comment as-tu fait ça si vite ?

Il lui sourit simplement et proposa :

— Tu en veux une part ?

Bien sûr qu'elle en voulait une. Elle en dévora joyeusement deux. Lorsqu'elle eut fini, elle se leva et demanda :

— Prévois-tu de rester ici ce soir ou rentres-tu chez toi ?

Il se figea, lui jeta un coup d'œil et demanda d'un ton humoristique :

— Est-ce une invitation ?

Elle secoua la tête.

— Non, ce n'en est pas une. Mais je ne sais pas quand finit le dispositif de sécurité.

— Tu es nerveuse ?

Elle secoua la tête et rit.

— Non. C'est merveilleux d'être chez moi.

— Parfait. Profite d'une bonne nuit de sommeil. Je vais m'écraser sur le canapé.

— Ce ne sera pas très confortable.

Elle fronça les sourcils. Ce n'était pas une manière de traiter quelqu'un qui avait tant fait pour elle.

— Ne t'inquiète pas pour moi.

Il tendit la main pour prendre une autre part de pizza et

en mordit un morceau.

Elle le regarda manger avec un plaisir si évident. C'était une autre chose chez Brett qu'elle avait toujours adorée. Il pouvait apprécier les petites choses de la vie. Alors qu'elle se préoccupait de chaque petit détail, il avait la capacité de laisser la plupart des choses glisser et de simplement profiter.

— Je vais te trouver des couvertures et des oreillers.

Elle retourna dans le placard de sa chambre pour prendre la literie. Un instant plus tard, elle revint, les bras chargés et observa le petit canapé. Ça n'allait pas fonctionner.

Elle adorerait s'il dormait à ses côtés, dans son lit. Mais, elle ne voulait pas qu'il s'imagine qu'elle était prête pour autre chose. Parce qu'elle ne l'était pas. Pas encore. Peut-être ne le serait-elle jamais. Combien de temps s'était écoulé depuis la dernière fois qu'elle avait fait l'amour ? Rien que l'idée la mettait mal à l'aise. Une main chaude se posa sur son épaule.

— Ça ira. Ne t'en fais pas.

— C'est vraiment petit, le prévint-elle.

— À moins que tu ne m'offres la moitié de ton lit pour dormir, le canapé est le seul endroit de disponible. Nous sommes tous les deux fatigués. Dormir ici ne me pose aucun problème.

Prenant une décision soudaine, elle se tourna vers Brett, le regarda droit dans les yeux et lui dit :

— Tu es le bienvenu pour partager la moitié de mon lit, si tu veux. Pour dormir, précisa-t-elle. Ce serait bien plus confortable que ça.

Il leva les sourcils et sourit.

— Je n'avais rien prévu d'autre, tu sais. Pas plus que toi.

Elle grimaça. Elle avait trop insisté sur l'aspect sommeil.

Elle balaya cela d'un geste.

— Nous savons tous les deux que nous nous dirigeons vers une relation, dit-elle. J'ai juste besoin que tu saches que je ne suis pas prête pour cette partie.

Son ton était neutre, froid. Quand elle sentit les mains de Brett saisir les siennes et soulever ses poings serrés, elle réalisa qu'elle ne gérait toujours pas bien la situation.

— Nous devrons en parler un jour. Et oui, merci. J'accepterai volontiers la moitié de ton lit. J'aurais bien besoin d'une bonne nuit de sommeil, avoua-t-il. Et si j'ai la chance de te tenir simplement dans mes bras, ce sera déjà une bénédiction.

Il l'enveloppa de ses bras et la tint simplement contre lui, déposant un baiser sur sa tempe et posant sa joue contre le sommet de sa tête.

Des larmes chaudes brûlèrent ses yeux. C'était tellement agréable d'être étreinte par quelqu'un qui montrait clairement qu'il se souciait d'elle. Elle était idiote. Et épuisée. Elle lui sourit et se dégagea.

— Je vais me coucher, dit-elle. Je laisserai une lumière allumée. N'hésite pas à venir quand tu seras prêt.

À la porte, elle ajouta :

— Bonne nuit.

Elle se brossa les dents et se glissa dans le lit. Elle voulait s'endormir, elle en avait besoin. Pourtant, elle était trop excitée à l'idée qu'il la rejoigne bientôt. C'était fou. Elle avait dormi avec lui pendant plus de deux ans. Il aimait les câlins. La nuit, il la tenait souvent dans ses bras et elle adorait ça. Quel réconfort de savoir qu'elle faisait partie de ce duo si spécial.

Il n'y avait pas de sentiment comparable.

POURQUOI CELA LUI semblait-il étrange de dormir avec une femme, avec laquelle il avait eu une longue histoire ? Brett savait, qu'aujourd'hui, c'était différent. Il savait que Ceci avait changé, tout comme leur relation. C'étaient des évidences, mais il n'avait pas anticipé cette gêne. Il n'aimait pas ça. Ceci avait toujours été naturelle dans l'intimité. Maintenant, elle semblait plus complexée à propos de son apparence. Il y avait beaucoup de choses qui lui passaient par la tête. Brett soupçonnait que beaucoup d'entre elles n'étaient pas très saines. Elle n'avait pas dit qu'elle regrettait d'avoir épousé Jimmy, elle n'avait pas dit non plus qu'elle avait été heureuse avec lui.

Brett était réaliste. Le mariage, comme tout le reste, nécessitait du travail. Il y avait des bons et des mauvais jours, des hauts et des bas. Le truc, c'était qu'en ce moment, Ceci était célibataire. Et elle avait deux magnifiques enfants. Il avait déjà dépassé le stade de se demander s'il pouvait vivre avec ces enfants. Il voulait vivre avec eux. Il était trop tôt pour en savoir plus. Il voulait entreprendre ce voyage et voir ce qu'il y avait, encore, à découvrir. C'était, de nouveau, tout nouveau. C'était aussi simple que ça. Il nettoya rapidement la cuisine et se dirigea vers la chambre. Comme promis, Ceci avait laissé une lumière allumée. Elle était allongée, tournée vers la fenêtre, lui laissant plus de la moitié du lit, la plus proche de la porte. Comme avant. Il se déshabilla presqu'entièrement, ne gardant que son caleçon et se glissa sous les couvertures, reconnaissant à l'idée d'une bonne nuit de sommeil.

Ceci se tenait raide de son côté du lit.

Il se laissa tomber en arrière et poussa un long soupir. Il voulait s'endormir, mais, quelque chose dans le dos tendu de Ceci l'interpelait. Il ne pouvait pas la laisser comme ça. Il passa un bras autour de sa taille et se blottit contre elle, en cuillère. Elle poussa un léger soupir. Après quelques secondes, sa main vint recouvrir la sienne. Lentement, elle se détendit jusqu'à s'assoupir. Il sourit. Parfait.

Il ne savait pas si elle l'avait compris ou non, mais il n'était jamais du genre à reculer, à perdre les progrès accomplis. Ce dont il était sûr, maintenant qu'il dormait dans son lit, c'est qu'il comptait bien y rester.

CHAPITRE 18

CECI SE RÉVEILLA au chant des oiseaux avec une sensation de confort et de paix profonde. Une impression que le temps avait repris son cours, que sa vie était revenue sur la bonne voie et se dirigeait, enfin, dans la bonne direction. Comme si une erreur commise, il y a longtemps, avait été corrigée.

Les bras de Brett étaient enroulés autour d'elle et les siens autour de lui, alors qu'elle était allongée la tête contre son torse.

C'est là qu'elle comprit étrangement une autre vérité. Non seulement, elle était rentrée chez elle mais, en plus, elle se sentait chez elle.

Sa main caressait doucement son dos.

— Bonjour toi. As-tu bien dormi ?

Elle sourit et se redressa sur un coude pour contempler son visage bien-aimé.

— Oui. Et toi ?

Elle leva la main et caressa l'ombre foncée sur son menton.

Il grimaça.

— Désolé. Je vais devoir déballer ma trousse de rasage.

— Ce n'est pas un problème.

Elle essaya de se lever, mais il la retint et plaisanta :

—Quoi, pas de baiser du matin ?

Elle savait que c'était risqué, qu'elle jouait avec le feu. Après tout, ils étaient dans un lit. Et, bien qu'il fût très tôt, elle avait des enfants susceptibles de se réveiller. Elle se pencha et déposa un léger baiser sur ses lèvres.

— Voilà.

— Pas tout à fait.

Brett glissa sa main le long de son cou jusqu'à ses cheveux pour encourager sa tête à redescendre. Juste avant que ses lèvres ne touchent les siennes, il murmura :

— Voilà ce que j'appelle un baiser du matin.

Il commença à l'embrasser, intensément. La chaleur de ce baiser les enflamma et les enveloppa dans un tendre cocon.

Quand il finit par la libérer, elle le contempla, dubitative puis soupira, heureuse :

— Si tu me troubles dès le matin, comment suis-je censée passer la journée ?

Elle descendit du lit et alla dans le placard pour prendre des vêtements.

— Tu pourrais revenir au lit.

Il se redressa pour s'appuyer contre la tête de lit, la couverture reposant jusqu'à sa taille.

Ceci n'osa pas le regarder. En tant que spécimen du sexe masculin, il était incroyablement beau. Elle n'était pas immunisée. Bon sang, son corps vibrait de plaisir juste pour un baiser.

— Les enfants seront bientôt levés.

— Oui, mais pour le moment, ils ne le sont pas.

Dos à lui, elle s'habilla, rapidement. Ses mouvements étaient lestes, efficaces. Elle pouvait sentir le regard de Brett sur elle. Comme il l'avait regardée des millions de fois auparavant. Mais quand sa voix rauque traversa la chambre, elle se figea.

— Tu es vraiment belle, tu sais ? dit-il. Avant, il y avait un air d'innocence qui émanait de toi. Mais maintenant, avec ta maternité, il se dégage de toi une maturité, une plénitude encore plus attirante. Je ne pensais pas qu'il t'était possible d'être encore plus sexy, mais tu l'es.

Son soutien-gorge et sa chemise serrés contre elle, Ceci se tourna lentement pour le fixer, éberluée. Elle ne vit que de la sincérité sur son visage. Et du désir. Beaucoup. Un sentiment qu'elle n'aurait jamais pensé voir à nouveau dans les yeux d'un homme. Sûrement pas dans ceux de Brett. Son corps fut envahi par une vague de chaleur. Son estomac se contracta d'incertitude. Elle voulait lui prouver à quel point il était aveugle. Lui montrer les vergetures qui avaient abimé son ventre, qui donnaient à ses seins un aspect froissé. Ils étaient plus généreux, plus lourds. La franchise sur le visage de Brett disait qu'il ne voyait rien de tout cela, qu'aucune de ces choses n'avaient d'importance.

Qu'il ne s'en souciait pas et ne le ferait jamais. Parce que c'était ce qu'il était. Elle avait été idiote de ne pas s'en rendre compte avant.

Elle s'approcha du lit. Son cœur battant la chamade. Son esprit confus. Incertaine de la prochaine étape. Il repoussa les couvertures, sortit du lit et se tint devant elle. À travers son caleçon, rien ne pouvait cacher l'érection qui tendait le tissu. Elle déglutit difficilement. Mon Dieu, elle le voulait… lui.

— Je peux voir le trouble sur ton visage. La peur que tu aies changé, que tu ne sois plus aussi belle qu'avant. Que les choses soient différentes maintenant que tu es mère…

Il pencha la tête vers elle.

— C'est différent, tu es différente. Mais, honnêtement… tu es encore plus belle.

Et il baissa la tête et l'embrassa.

Elle ferma les yeux et se laissa emporter. Jimmy était parti depuis plus de deux ans. Deux ans qu'elle n'avait pas été tenue dans les bras d'un homme, même pour un simple câlin. Deux ans qu'elle n'avait pas été embrassée, comme si l'homme devant elle tenait vraiment à elle. Les six mois avant la mort de Jimmy avaient été difficiles. Depuis qu'il avait découvert l'arrivée imminente de Jennifer, il avait été assez distant.

Elle faillit rire. « Distant » n'était pas tout à fait exact. À partir du moment où elle le lui avait annoncé, il avait dormi sur le canapé.

Brett approfondit son baiser, ramenant son esprit vers lui. Incapable de se retenir, elle leva les bras et les enroula fermement autour de son cou. Elle le voulait, lui, tellement… Pourtant, elle n'arrivait pas se détendre. Elle ne voulait pas se sentir mal à l'aise, mais c'était le cas. Elle ne voulait pas se sentir laide, mais c'était le cas. Il releva la tête, ses mains venant caresser son visage et tandis qu'il plongeait son regard dans le sien, elle sut qu'il pouvait voir son âme. Les mots qui suivirent, le lui confirmèrent.

— Arrête de penser, murmura-t-il. Laisse-toi aller. Nous sommes bien ensemble. Nous l'avons toujours été.

Brett embrassa ses paupières. Effleura légèrement, délicatement ses pommettes, ses tempes. Ses doigts massèrent doucement son crâne, se faufilant dans ses cheveux, elle gémit sous cette langoureuse et amoureuse caresse.

Brett la connaissait bien. Il savait ce qu'elle aimait. Ce dont elle avait besoin. Peut-être même plus qu'elle-même. Elle se laissa aller un peu plus contre lui et se rendit compte qu'il la guidait, à reculons, vers le lit, son érection toujours bien présente contre son bassin.

Son soutien-gorge et sa chemise s'étaient coincés entre

eux. Alors qu'il la déposait sur le lit, Brett fit disparaître cette boule gênante. Il retint son souffle, son regard brûlant de désir.

Instinctivement, elle couvrit sa poitrine.

— Ne fais pas ça.

Il tendit la main, ses doigts décollant lentement les siens.

— Ne te cache pas. Ne comprends-tu pas à quel point tu es belle en ce moment ?

Elle secoua la tête, le regard baissé.

— Je ne me sens pas jolie. Je me sens : maman. Il y a quelque chose de très mal à ce qu'une maman se sente sexy.

Il rit. Pas d'un rire moqueur, mais d'un rire empreint d'une tendre compassion et de compréhension.

— Tu te trompes, tellement. Tu es l'incarnation même de la féminité. Tu représentes tout ce qu'il y a de bon dans le fait d'être mère. Tu as créé deux magnifiques enfants et les changements dans ton corps ne sont rien en comparaison.

Ses doigts câlinèrent les vergetures sur le côté de sa poitrine.

— Ce sont des badges, des médailles d'honneur pour un travail bien fait.

Elle le regarda, émerveillée.

— Tu le penses vraiment ?

— Absolument.

Il la scruta puis soupira.

— Jimmy ne ressentait pas la même chose, n'est-ce pas ?

Elle secoua la tête.

— Il détestait le temps qu'il fallait pour que je me débarrasse de mes kilos de grossesse, marmonna-t-elle. Il n'aimait pas non plus les changements pérennes après l'accouchement.

Elle haussa les épaules.

— J'ai fait de mon mieux, mais cela n'avait pas d'importance. Je n'étais plus la jeune femme qu'il avait épousée.

— Et tu as l'impression d'être une vieille dame, négligée, qui ne peut plus jouir de son corps. Qui ne devrait plus faire l'amour ?

Elle baissa à nouveau les yeux.

— Quand tu le dis comme ça, ça a l'air idiot.

Les doigts de Brett remontèrent sur ses côtes pour caresser lentement ses seins, les serrant doucement, ses pouces jouant délicatement avec ses tétons tendus. Sa voix devint un murmure rauque.

— Peu importe que ce soit idiot ou non. C'est ainsi que tu te sens, tu dois travailler dessus. Car même si ce n'étaient que des conneries, tu les a écoutées.

Il ajouta, un coin de sa bouche se retroussant, les yeux pétillants :

— Tu aimais le sexe autrefois. Tu te baladais nue, totalement détendue. Te voir maintenant, si dépourvue de confiance en toi, me fait mal, admit-il.

En l'écoutant, elle se rendit compte de l'influence néfaste de Jimmy. C'était en partie de sa faute, car elle aurait dû laisser ses commentaires lui glisser dessus. Avec le temps, même une pierre s'adoucit. Reconnaitre le problème, ne signifiait pas qu'elle allait pouvoir passer outre et avancer si facilement.

Par contre, elle n'était plus obligée d'adopter ce point de vue. Brett avait raison sur un point. En sa présence, elle avait toujours été à l'aise avec son corps. Maintenant, elle réalisait que c'était plus lié à son manque de confiance en elle, plutôt qu'à son acceptation.

C'était un baume pour son âme blessée. Elle sourit, ses

doigts se levant pour saisir les siens.

— Peut-être qu'au lieu de me raconter notre passé, chuchota-t-elle. Tu devrais me montrer... notre présent.

Son souffle mêlé au sien, sa peau, douce et brûlante, recouvrant la sienne, déjà sensible, il murmura :

— Avec plaisir.

Il ne lui fallut pas longtemps pour réaliser qu'elle n'avait rien oublié. Il l'avait toujours fait se sentir comme si elle était la seule femme du monde, comme si elle était la femme la plus parfaite de l'univers. Il avait toujours été très attentionné. Envers son plaisir. Ses besoins. Son corps. C'était enivrant. Elle se sentait connectée et... aimée.

C'était ce qui lui manquait le plus.

Il se retourna sur le dos, l'attira contre lui.

— Tu portes encore trop de vêtements.

Il glissa un doigt le long de sa ceinture, lui rappelant qu'elle avait enfilé un jean avant de le rejoindre dans le lit. Elle se moqua d'elle-même.

Elle se leva et se débarrassa de son pantalon, le poussant sur le côté. Puis d'un simple mouvement des doigts, fit tomber sa culotte par terre. Alors qu'elle se tenait là, elle contempla la silhouette de Brett, longue et musclée.

— Mon Dieu, tu es magnifique, souffla-t-elle avec révérence.

Il s'assit et lui répondit :

— Non. C'est toi qui es magnifique.

Il se leva et fit tomber son caleçon, libérant son érection. Elle tendit sa main, incapable de résister. Ses doigts entourèrent son sexe, appréciant de le voir retenir un gémissement. Dans un geste surprenant, il l'arracha du sol. Elle enroula ses jambes autour de ses hanches. Un rire lui échappa.

— Je sais que tu es fort, mais à ce point ?

Comme mis au défi, il fit plusieurs pas avant de la coller contre le mur, un éclat brûlant dans son regard.

— On va voir.

Son érection taquinant le creux de son ventre, Ceci avait du mal à rester immobile. Elle voulait descendre, le sentir en elle. Mais il la tenait trop fermement pour qu'elle puisse bouger.

Elle gigota contre ses hanches, essayant de lui faire desserrer sa prise. Il rit et baissa la tête pour la couvrir de baisers le long de son cou et sur ses épaules, avant de remonter sous son menton.

Elle gémit.

— Mon Dieu, c'est tellement bon.

— Parfait. Et ça ?

Il fit glisser un de ses doigts entre ses jambes. Il avait un accès total à sa fente, tandis qu'elle n'en avait aucun à lui. Lorsqu'il trempa son doigt dans son sexe et étala sa douce moiteur sur sa peau sensible, elle haleta et se contorsionna, plus fort. Voyant sa réaction, il enfonça de nouveau son doigt, juste pour le retirer et jouer autour de son clitoris. Il recommença, se retirant encore et encore. À chaque fois, elle criait, son corps se cambrant contre le mur, essayant de le forcer à la faire descendre sur lui.

Mais il n'en avait pas envie.

— Bon sang, arrête de me provoquer.

Il eut un rire rauque en changeant d'appui, puis relâcha très, très lentement son emprise. Le dos contre le mur, Ceci se sentit glisser sur lui. Mais, seulement aussi loin qu'il le permettrait. Il la maintenait à nouveau contre le mur, l'empêchant d'aller plus loin.

Elle se pencha en avant et le mordit à l'épaule.

Il éclata de rire, relâcha un peu plus sa prise, qu'elle

puisse glisser un peu plus bas, sur son sexe.

Pas tout à fait jusqu'au bout. Elle frissonna. Le désir, le besoin la lacérait.

Elle pouvait arranger ça. Elle se pencha en avant et attira sa tête jusqu'à elle, provoquant un baiser enflammé et passionné. Alors qu'elle l'embrassait, elle se libéra de toutes les années de douleur et de culpabilité. Instantanément, le vide fut comblé par le désir de ne faire plus qu'un avec Brett.

Ses hanches se balancèrent de côté, lentement de haut en bas. Ses doigts caressant son dos avant de descendre pour envelopper ses fesses musclées.

Soudain, sans un avertissement, elle enfonça profondément ses ongles dans sa peau et contracta ses muscles internes, fort.

— Mon Dieu, jura-t-il, jetant la tête en arrière, ses hanches la plaquant contre le mur.

Il la pénétra profondément.

Maintenant, Ceci était là où elle voulait être. Dans un rire luxurieux, elle utilisa ses ongles pour le gratter doucement, tout le long de son dos, caressant chaque centimètre de sa peau, tout en déposant de petits baisers sur sa poitrine.

Il l'embrassa, inlassablement, ses bras tremblant de désir. Elle se pencha en avant et mordilla doucement son téton. Il perdit le contrôle. Ses hanches s'écrasèrent en elle, encore et encore.

Elle s'en délecta, le contemplant à chaque coup. Le désir tordait ses entrailles, de plus en plus haut.

Il descendit sa main, saisissant ses fesses, la maintenant immobile alors qu'il la pilonnait.

Plus fort.

Plus vite.

Plus haut.

Au coup de rein suivant, elle explosa, ses cris, sa jouissance résonnant dans la chambre. Il plaqua immédiatement sa bouche contre la sienne pour étouffer le bruit.

À ce moment-là, elle se souvint de ses enfants qui dormaient.

Il frissonna, son corps plongeant une dernière fois en elle, alors que son orgasme le traversait.

Elle voulait rire. Elle voulait pleurer. Elle voulait le serrer fort. Pour toujours.

Se remettant lentement, il la souleva davantage pour la porter jusqu'au lit où il l'allongea avant de s'effondrer à côté d'elle, toujours enlacés.

Mon Dieu, qu'elle avait aimé cet homme.

Peut-être l'aimait-elle encore. Était-ce possible ? S'arrêtait-on d'aimer juste parce qu'une relation prenait fin ? Ou était-ce lorsque l'amour s'arrêtait, que la relation se terminait ? Si c'était le cas, qu'est-ce qu'elle avait fait et pourquoi ?

Elle l'avait toujours aimé. Peut-être que cela ne changerait jamais.

CE N'ÉTAIT PAS ce que Brett avait prévu. Mais il était heureux que cela soit arrivé. Il serra Ceci contre lui et se détendit.

— Je devrais me lever.

Mais elle ne bougea pas.

Il embrassa doucement sa tempe.

— Je ne les entends pas encore.

Elle bâilla.

— Ils se réveilleront bientôt.

Se faisant violence, elle s'assit au bord du lit et le dévisagea.

— Je vais prendre une douche rapide.

Il la contempla alors qu'elle se dirigeait vers la salle de bains. Peu après, il entendit l'eau chaude s'enclencher. Elle ne l'avait pas invité, mais c'était une excellente idée…

Il se leva, enfila son caleçon et se rendit dans la petite cuisine. Il jeta un regard dans les chambres des enfants, s'assurant qu'ils dormaient toujours, puis souriant, il prépara du café.

Que de différences en une journée. C'est ainsi que serait sa vie, s'il se remettait avec Ceci. Essayer de voler du temps pour eux, parce que les enfants passeraient en premier. Il se réjouit. C'était amusant. Et d'ailleurs, que fichait-il ici ? Il jeta vite un second coup d'œil sur les enfants, ils ne donnaient aucun signe de réveil. Parfait. De retour dans la chambre, il retira son caleçon et rejoignit Ceci sous l'eau chaude.

De surprise, elle poussa un cri, suivi de rires lorsqu'il attrapa le savon.

— Je suis allé voir les enfants. Ils dorment toujours. J'ai préparé du café. Et je me suis dit qu'on pourrait prendre cinq minutes.

Son rire enchanteur résonna dans la salle de bains.

— Alors maintenant, cinq minutes te suffisent, le taquina-t-elle. Je pensais vraiment que l'idée était de faire durer le plaisir plus longtemps, pas moins longtemps.

Il s'esclaffa.

— Disons simplement que je suis adaptable.

Avec sa main glissante à cause du savon et son corps ruisselant, il lui montra à quel point il pouvait être flexible.

Quand ils sortirent enfin de la douche, tous deux se sentaient beaucoup plus en harmonie l'un envers l'autre et envers le monde.

Il attrapa une serviette, s'habilla rapidement et retourna à la cuisine. Il versa le café dans deux tasses et se rendit compte qu'il n'entendait toujours pas les enfants. Ne sachant pas quelle était leur habitude, il se rendit dans la chambre de Jennifer et trouva son lit vide.

D'angoisse, son cœur se serra. Il se précipita dans la chambre de Jimmy.

Les deux enfants étaient endormis, sur un seul lit.

Ils n'étaient pas seuls.

CHAPITRE 19

CECI N'ENTENDAIT PAS ses enfants. Après tout ce qu'ils avaient vécu, elle ne leur en voulait pas de profiter d'un sommeil réparateur. Ils reviendraient sûrement bientôt à leur routine habituelle.

Elle entra dans la chambre de Jimmy. Brett était assis sur le lit, une main reposant sur chaque enfant. Jimmy se frottait les yeux en se réveillant.

Brett se leva, le visage dur, le regard froid.

— Emmène-le dans la cuisine, s'il te plaît.

Son ton était glacial, impérieux et en même temps très calme.

Elle le fixa, stupéfaite.

— Quoi ? Pourquoi ?

Il lui lança un regard d'avertissement et lui tendit un Jimmy endormi. Jennifer dormait toujours, recroquevillée, contre les oreillers de son frère.

— Jimmy veut prendre son petit déjeuner, dit-il doucement. Je t'expliquerai dans quelques minutes.

Ceci dut se contenter de cela. Alors qu'elle prenait Jimmy dans ses bras, elle constata autre chose. Sa couverture, celle qu'il aimait traîner partout et avec laquelle il adorait dormir, s'étalait sur le sol, recouvrant quelque chose de très grand. Elle ouvrit la bouche, mais Brett dit doucement :

— Non.

Elle referma la bouche et se hâta vers la cuisine. À l'intérieur, la panique commençait à la secouer. Mon Dieu, que cachait Brett sous cette couverture ? Elle n'était pas restée éloignée de ses enfants très longtemps. Brett les avait vus un peu plus tôt. Il lui avait dit qu'ils dormaient, tous les deux, alors que s'était-il passé ? Et quand.

Jimmy bailla.

— La dame est vraiment fatiguée. Brett a mis ma couverture sur elle pour qu'elle puisse dormir.

Saisie, Ceci se raidit, mais sa voix était calme et douce quand elle répondit :

— Nous avons tous besoin de dormir parfois.

— Nous avons beaucoup dormi, annonça-t-il. Et je suis toujours fatigué.

Il se glissa jusqu'au sol et se dirigea vers le canapé. Après s'être blotti dans le coin, il prit la télécommande et alluma ses dessins animés. Avec un soupir heureux, il se laissa aller en arrière.

— Je pensais que tu avais faim ?

— Oui.

Mais son attention était rivée sur les dessins animés. Le samedi matin, il avait le droit de les regarder dans le salon. Elle ne limitait généralement pas le temps car ce n'était qu'une fois par semaine.

Certaine qu'il allait bien, Ceci retourna discrètement dans la chambre de Jimmy. Elle trouva Brett emportant Jennifer. Elle lui offrit un sourire édenté et se mit à faire des bulles. Ceci tendit les bras et attrapa son petit ange, puis retourna dans la cuisine et installa Jennifer dans sa chaise haute.

Ses gestes n'étaient qu'automatismes. Elle devait se concentrer sur la routine. Faire en sorte que tout paraisse normal, même si c'était loin d'être le cas.

Elle pouvait le faire.

Elle devait le faire.

Elle mit des toasts dans le grille-pain pour ses enfants et regarda par la fenêtre.

Au fond d'elle, elle savait ce qui se cachait sous la couverture. Et ça la rendait malade. Elle savait que la possibilité qu'on les suive ici existait. Mais elle n'avait jamais envisagé que quelqu'un se soucierait suffisamment d'eux pour le faire, réellement.

Elle n'était personne. Pourquoi s'en prendre à elle ?

Quand elle aurait un moment, elle demanderait à Brett de lui faire un point sur la situation à l'ambassade. Mais pour l'instant… il y avait un problème avec une femme dans la chambre de son fils. Mon Dieu. Était-elle morte ? Qui diable était-elle ? Et que faisait-elle là ?

Rapidement, elle beurra et découpa le toast de Jimmy en carrés, puis lui apporta sur le canapé. En temps normal, manger dans le salon était interdit, mais aujourd'hui… eh bien, peut-être que cela l'aiderait.

Jennifer, heureuse, grignotait son pain. Ceci s'échappa rapidement vers la chambre de Jimmy. Elle se tint dans l'encadrement de la porte, son regard balayant la pièce, vide. Où était Brett ? Elle se força à scruter le sol. Il n'y avait aucune trace. La couverture avait disparu.

Elle savait que Jimmy ne comprenait pas ce qu'il avait vu. Elle espérait vraiment s'être trompée.

De retour dans la cuisine, elle s'assit à côté de Jennifer et attendit que Brett apparaisse. Au lieu de cela, deux véhicules arrivèrent. Un gros Jeep et un autre gros camion. Peut-être que certains membres de son unité étaient venus pour prêter main-forte. Ça ne la rassura pas et la panique s'empara d'elle.

Mon Dieu, était-ce vraiment une femme dans la chambre de Jimmy ? Si c'était bien le cas, comment diable allait-elle pouvoir protéger ses enfants ? Personne ne l'avait entendue entrer. Elle aurait pu les tuer pendant leur sommeil. Ceci se sentit mal. Si elle n'était pas en sécurité chez elle, où le serait-elle ?

BRETT ALLA À la rencontre de son équipe. Il les emmena dans le garage où il avait déplacé le corps de la femme. Swede demanda :

— Est-elle morte ?

Brett expliqua.

— Je n'avais pas l'intention de la tuer. Mais je lui ai asséné un coup violent à la gorge avant qu'elle ne puisse bouger. Elle ne s'y attendait pas et s'est effondrée, comme une souche.

Il haussa les épaules.

— Son Glock est à côté d'elle.

Il tendit à Mason le contenu des poches de la femme.

— C'est tout ce que j'ai trouvé sur elle.

Shadow demanda :

— Un véhicule quelconque ?

Brett secoua la tête.

— Aucune idée. Je ne voulais pas laisser Ceci et les enfants seuls, même brièvement, pour chercher.

Shadow opina et disparut dans le quartier.

Brett le regarda. S'il y avait quelque chose, Shadow le trouverait. Hawk se dirigea, sans un mot, vers l'extérieur, dans la direction opposée. Ces deux-là étaient les meilleurs chasseurs du groupe. Brett ne pouvait qu'espérer qu'ils découvriraient si elle agissait seule ou non, avant qu'un de ses éventuels complices ne se décide à venir la chercher.

Mason s'accroupit et retira le tissu qui couvrait le visage de la femme. Il étudia ses traits pendant un long moment, puis s'adressa à Brett.

— La connais-tu ?

Brett dodelina de la tête.

— Non, mais elle est passée à côté de moi, dans les escaliers, lors de l'attaque de l'ambassade.

— Donc elle est impliquée, acquiesça Mason, satisfait.

Il se redressa.

— Raconte-nous toute l'histoire.

À ce moment-là, ils entendirent tous les deux un bruit, provenant de la porte latérale. Brett se retourna et vit Ceci, debout, là, une main recouvrant sa bouche. Il ouvrit les bras et elle courut s'y réfugier. Elle fixa le corps de la femme et frissonna.

— C'est vrai ? Elle nous a vraiment suivis, jusqu'ici ?

Brett acquiesça.

— Si nous ne sommes pas en sécurité ici, où le serons-nous ? pleura-t-elle.

Brett lui frotta doucement les épaules.

— Retourne auprès des enfants, je te rejoins dans quelques minutes, je t'expliquerai.

Elle hocha la tête et courut à l'intérieur.

Brett inspira profondément et relata :

— Je suis allé dans la chambre de Jennifer, mais elle n'était plus dans son lit. Alors je me suis rendu dans la chambre de Jimmy où les deux enfants étaient allongés sur le même lit. Jennifer dormait encore. Jimmy était sur le point de se réveiller. Cette femme ne pouvait pas avoir pénétré dans la maison depuis plus de cinq minutes.

Il prit une nouvelle respiration.

— Je ne voulais pas que Jimmy la voie.

Ses poings se serrèrent.

— Elle m'a mis en garde sur ce qui se passerait si Ceci racontait quoi que ce soit sur ce qui avait eu lieu à l'ambassade. Je sais que ce n'étaient que des paroles, mais elle a pointé son arme sur la tête de Jimmy…

Il haussa les épaules.

— Alors, j'ai attaqué.

— On dirait que tu lui as brisé la nuque, commenta Swede.

— Elle s'en est prise aux enfants. Elle mérite tout ce qu'il lui est arrivé.

Brett s'approcha du bord du garage et demanda :

— Tu crois que c'est fini ?

— Non, énonça Mason en secouant la tête. D'abord, nous devons trouver ses complices et nous assurer qu'elle agissait seule, ce matin.

— Voyant qu'elle ne revenait pas, ils se seront enfuis, dit Brett en pivotant vers Mason.

— Peut-être. S'ils ont un visuel sur la maison, ils savent que l'opération a échoué.

— Bien.

Swede sourit, d'un sourire peu agréable.

—Sachant qu'une attaque peut survenir à tout moment, il y a mieux à faire que de chasser des fantômes.

Brett fixa le corps enveloppé dans la couverture.

— Je ne sais pas trop quoi faire avec Ceci et les enfants. Ils ne peuvent pas rester ici.

— C'est évident.

Chase arriva par la porte latérale après avoir vérifié l'arrière-cour.

— Il n'y a aucun signe d'effraction ou de quoi que ce

soit, là-bas.

— Je ne m'attendais pas à ce qu'il y ait quelque chose, répondit Brett. Honnêtement, pénétrer dans cette maison ne présente aucune difficulté. Il n'y a quasiment aucune sécurité.

— Ceci serait mieux dans ta maison, suggéra Chase. Chez toi, nous pouvons les surveiller, les enfants et elle. Comme nous l'avons fait avec Amrit et Peter.

Brett fut ravi. C'était exactement ce à quoi il pensait. Sa maison était idéale.

— Nous devons identifier les complices de cette femme et les neutraliser.

— Laissez-moi m'en charger, affirma Mason. Je vais parler au commandant. Une fois qu'il comprendra de quoi il retourne, vous savez que nous serons tous embarqués dans cette affaire.

— Avant tout, nous devons tout savoir sur elle.

Swede acquiesça.

— Cela nous conduira aux autres.

— À l'ambassade, elle agissait et parlait comme si elle avait l'autorité pour mener à bien l'attaque, confia Brett. C'est en partie pour ça que je n'ai jamais pensé qu'elle s'en prendrait à Ceci, en personne.

— Ce qui signifie qu'elle obéit aux ordres de quelqu'un d'autre. Il n'y a aucune autre raison pour qu'un haut responsable se charge d'une mission comme celle-ci.

— À moins que ce ne soit si secret qu'elle ne puisse se permettre que personne ne raconte quoi que ce soit. Comme si c'était sa propre opération.

Mason sortit son téléphone et s'éloigna de la maison.

Swede se retourna pour scruter la femme à terre.

— Elle n'agissait pas seule.

— Je suis d'accord.

Brett regarda en direction de la porte de la cuisine et ajouta :

— Elle est probablement entrée directement dans la maison, a vu les enfants et s'est rendu compte qu'avec le café en train de couler, nous allions apparaitre sous peu… Si je n'avais pas été là…

— Ne pense pas à ça, mec.

Chase lui donna une petite tape amicale sur l'épaule.

— Tu étais là. Et ça change tout.

— Et si une fois, murmura Brett, je ne le suis pas ?

CHAPITRE 20

DE RETOUR À l'intérieur de sa petite maison, Ceci essaya de se concentrer sur ses enfants. Elle avait l'impression que son monde avait basculé, entièrement. Il n'y avait plus aucune normalité. Elle était, pourtant, persuadée que rentrer chez elle résoudrait tout. Que sa vie redeviendrait comme avant.

Heureusement, la présence de Brett avait tout changé.

Tremblante, elle s'assit à la table de la cuisine, une tasse de café à ses côtés et aida Jimmy à tartiner son deuxième morceau de pain de beurre de cacahuètes. Il en avait plus sur ses petits doigts potelés et ses joues que sur son pain. Mais elle n'était pas du genre à le réprimander parce qu'il essayait de faire quelque chose seul. En grandissant, il aurait besoin de cet esprit indépendant.

Parce que cela lui donnait quelque chose à faire, elle se leva, prit un gant de toilette et fit de son mieux pour nettoyer une partie du désordre. Inutile de laver complètement Jimmy, il mangeait toujours. Jennifer était assise dans sa chaise haute, toujours en train de mâchouiller la croûte de son pain. Elle avait encore l'air fatiguée. Bon sang, ils l'étaient tous.

— Comment vont les enfants ? demanda Brett en la rejoignant.

Jennifer s'anima et se mit à taper sur son plateau en

criant :

— Brett. Brett. Brett.

Ses sourcils se haussèrent tandis qu'il s'asseyait à côté d'elle.

— Eh bien bonjour, petite demoiselle. Je ne savais pas que tu pouvais dire mon prénom.

Elle enfonça son toast dans sa bouche et elle le mâchouilla pendant quelques secondes tout en le fixant, de nouveau silencieuse. Brett porta son attention sur Jimmy et son tartinage au beurre de cacahuètes. Il fit une grimace.

— Eh bien, Jimmy, que fais-tu avec tout ce beurre de cacahuètes ?

Jimmy était une âme très généreuse, en toutes circonstances. Il lui tendit immédiatement son morceau de pain collé à ses doigts, offrant à Brett une bouchée.

Avec un grand sourire, Brett le remercia :

— Merci, mon copain, mais je n'ai pas encore faim. Vas-y, mange tout.

Jimmy haussa les épaules et fourra le dernier morceau dans sa bouche.

— Jimmy, cette bouchée était trop grosse, commenta Ceci.

Il la regarda simplement, sourit, sauta de sa chaise et se dirigea vers la salle de bains, où il monta sur son petit tabouret pour atteindre les robinets. Ceci entra pour l'aider, mais c'était trop tard. Les robinets étaient déjà recouverts de beurre de cacahuètes. Elle prit une serviette et entreprit de le nettoyer. Jimmy éclata de rire, puis se dirigea vers le salon. Elle retourna dans la cuisine et s'effondra.

— Ça ne s'arrêtera jamais, n'est-ce pas ?

— Cela pourrait très bien prendre fin, objecta Brett. Mais d'abord, nous devons découvrir qui l'a accompagnée en

Californie.

Elle l'observa.

— Et à quoi cela servira-t-il ? Tu t'attends à ce qu'ils avouent leur implication ?

— Tu es vraiment cynique, remarqua-t-il en souriant.

Mais elle sentit la gravité derrière cette réflexion.

— Je me posais une question, dit-elle. Pourquoi une femme ?

— Je ne sais pas, peut-être qu'elle pensait que les enfants auraient moins peur d'une femme.

— C'était intelligent de sa part, admit Ceci.

— Pas assez. Elle est morte maintenant.

À ce rappel, Ceci fixa la tasse devant elle.

— Alors, pourquoi ai-je envie de sortir et de la tuer, de nouveau ? se récria-t-elle avec douleur.

Elle étouffa autant que possible sa voix. Elle ne voulait pas que son fils l'entende parler de tuer quelqu'un.

— C'est une réaction naturelle. Quelqu'un a essayé de faire du mal à ceux que tu aimes.

Elle hoqueta un rire.

— C'est très vrai.

Nerveuse, elle se leva pour laver le peu de vaisselle et regarda par la fenêtre. Quelque chose d'autre la tracassait. Elle se retourna à moitié pour le dévisager.

— Comment est-elle entrée ?

— En cassant la porte du garage.

Il se leva et passa un bras autour de ses épaules, déposant un baiser sur sa tempe.

— Je déteste avoir à le dire, mais tu as besoin d'un bon système de sécurité.

— Ce n'est pas ma maison.

Et Ceci doutait grandement que son oncle paierait pour

ce genre d'équipements.

Elle s'occupa en jouant avec les bulles de savon. Elle ne pouvait pas vraiment ajouter grand-chose. Elle n'avait pas beaucoup d'argent. Elle vivait avec la pension que lui versait le gouvernement depuis la mort de Jimmy. Choisir de rester à la maison et de s'occuper de Jennifer plutôt que de la mettre à la crèche n'était pas une option que la plupart des gens auraient choisie, mais en tant que mère célibataire, Ceci voulait être là pour ses enfants, autant que possible. Encore plus, depuis la perte de leur père. Bien sûr, cela la laissait, souvent, financièrement à court d'argent. Elle faisait du baby-sitting à temps partiel, ce qui l'aidait, mais elle n'avait certainement pas les moyens de s'offrir des articles de luxe. C'est pourquoi les vacances sur le yacht avaient été une aubaine. Mais un système de sécurité ? Comment était-elle censée financer ça ?

D'un autre côté, comment ne pas le faire ? Rien n'était plus important que de protéger ses enfants.

— Peut-être que je devrais partir quelques jours, dit-elle brusquement.

— Où irais-tu ?

Ses épaules s'affaissèrent.

— Je ne sais pas. Je pourrais charger la voiture et juste prendre la route. Trouver un hôtel quelque part où je pourrais me permettre de rester une ou deux semaines.

Après tout ce qu'ils avaient déjà traversé, tout ce dont Ceci avait rêvé, c'était de rentrer chez elle. Abandonner encore son logement était vraiment difficile, pour elle, en ce moment. Mais comparé à la sécurité de ses enfants, c'était une décision sensée.

— Ou sinon, je suggère de m'installer ici et de mettre en place le système de sécurité.

Brett lui sourit.

— Quand tu reviendras, tu devras te sentir en sécurité. Donc quoi que tu fasses, il te faut un système de sécurité.

— Est-ce que je me sentirai vraiment à l'abri ?

Il tendit la main au-dessus de la table et saisit la sienne, son pouce caressant lentement le dos de sa main.

— Oui.

Il regarda par la fenêtre.

— Nous devons simplement en finir avec ça et avec un peu de chance, ce sera aujourd'hui.

Il câlina, de nouveau, sa main.

— En attendant, la meilleure solution serait que tu viennes vivre chez moi. J'ai beaucoup de place. De toute façon, ce sera probablement nécessaire. Installer un système de sécurité prend quelques jours.

Son téléphone sonna et Brett lâcha la main de Ceci pour le sortir de sa poche et vérifier le numéro.

— C'est Mason.

— ELLE EST arrivée, hier, avec deux hommes et a réservé un vol de retour pour aujourd'hui. Ils séjournaient dans un hôtel près de l'aéroport, énonça Mason.

— Un aller-retour rapide pour régler leurs affaires avant de rentrer chez eux ?

Brett pensa au nombre de fois où lui et son unité avaient dû faire quelque chose de similaire. C'était tout à fait possible.

— L'un des deux hommes donnait une conférence à l'hôtel. Apparemment, il a des liens familiaux avec elle. L'autre est en fuite.

— C'est celui-là que nous devons interroger. Je présume

que l'homme de la conférence a un alibi ?

— Il ne lâche rien.

— Bien sûr… Quelle était sa relation avec cette femme ?

— Nous attendons une confirmation, mais il semblerait que ce soit son frère.

Mason parla brièvement à quelqu'un derrière lui.

— Nous supposons qu'il avait une bonne raison pour venir, elle a saisi l'occasion.

— D'accord. Peux-tu m'envoyer les photos de leurs cartes d'identité ? Que Ceci et moi puissions les identifier, s'ils se présentent.

— Le frère assiste toujours à la conférence. Un homme le surveille pour s'assurer qu'il ne part pas. Le deuxième est, était l'amant de la défunte.

— Il pourrait débarquer ici pour toutes sortes de raisons.

— C'est ça. Reste sur tes gardes. Dès que nous aurons retrouvé l'amant, je te préviendrai.

Mason raccrocha. Brett se retourna pour étudier le visage de Ceci. Il lui fit un compte rendu rapide de ce qu'ils savaient et de ce qu'ils ignoraient.

— Donc, on ne sait absolument pas s'il en a après nous ou non. Étant donné qu'ils étaient amants, il pourrait très bien vouloir venir pour venger sa mort. Si c'était elle la meneuse, elle qui était à l'initiative de l'attaque de l'ambassade, le gouvernement somalien va se plier en quatre pour s'occuper de cette affaire. Et bien sûr, ils devront présenter leurs excuses au gouvernement américain.

Elle s'adossa et émit un petit rire méprisant.

— On va vraiment faire semblant de croire qu'elle a orchestré, seule, ce petit coup d'État ?

— Tu dois garder à l'esprit le fait que, lorsqu'un gouvernement est instable, les sous-fifres aiment saisir l'occasion de monter en grade, expliqua Brett. Je n'ai aucun mal à croire que c'est précisément ce qu'elle a essayé de faire. Avec l'attaque de l'ambassade, le gouvernement actuel aurait été mis en cause, sa position aurait été encore plus affaiblie. Le moment idéal pour qu'elle en profite.

CHAPITRE 21

CECI RESSASSA L'INFORMATION. Si Brett avait raison, avec la femme éliminée, le problème en Somalie allait être étouffé. L'ambassade allait être réinvestie et poursuivre ses activités.

— Et les membres du personnel disparus dans la camionnette ?

— Ils ont été retrouvés. En vie, mais dans un sale état. Ils étaient détenus dans un bâtiment abandonné près de l'endroit où le véhicule avait été repéré.

— Au moins, vous les avez retrouvés à temps, s'exclama-t-elle. Ça aurait été atroce, s'ils avaient tous été tués.

Brett acquiesça.

— Encore un jour ou deux et ils seraient probablement morts. Personne ne l'aurait jamais su.

C'était une pensée horrible.

— On dirait vraiment un échiquier géant sur lequel le prochain mouvement appartient à l'adversaire. Je ne peux qu'attendre de voir quelle sera leur stratégie.

— C'est une bonne analyse.

Elle tendit les bras vers Jennifer, que Brett avait débarbouillée et sortie de sa chaise haute. C'était incroyable d'avoir quelqu'un pour l'aider, de ne pas tout porter sur ses épaules. Cependant, Ceci ne souhaitait pas s'y habituer.

— Merci beaucoup de t'être occupé d'elle.

Brett souleva Jennifer plus haut et déposa un baiser sur sa joue potelée.

— Pas besoin de me remercier. C'est une joie, pas une corvée.

Ceci lui sourit en réalisant que, finalement, elle pourrait parfaitement s'accoutumer à cela. Quand elle s'imaginait avoir une autre relation, elle n'avait jamais envisagé qu'elle trouverait quelqu'un qui aimerait ses enfants autant qu'elle. Jusqu'à présent, ses choix n'avaient pas été très heureux dans ce domaine et elle ne pensait pas que sa chance allait tourner de sitôt. Peut-être se trompait-elle…

Ceci posa Jennifer par terre, ouvrit le réfrigérateur et vérifia ses placards.

— On est partis pendant un moment. Il va falloir aller faire des courses.

Elle désigna le salon.

— On pourrait commander à manger, mais ce serait bien que les enfants sortent et retrouvent leurs habitudes.

— Que veux-tu dire ?

— Un petit tour dans les magasins, une promenade au parc, éventuellement retrouver une amie pour jouer.

Brett refusa cette suggestion.

— Pas de rencontres. On ne peut mettre personne d'autre en danger.

Ceci se sentit découragée.

— Tu as raison. Bien sûr. Ce n'est pas souhaitable. Donc pas de rencontres. À la place, nous pourrions louer un film, des jeux et peut-être profiter de tout ce temps à la maison pour faire ce que nous aimons. Jimmy adore les activités manuelles et les maths.

En entendant ça, le sourcil de Brett s'arqua.

— Les maths ? Où en est-il ?

Elle esquissa un sourire, fière.

— Il connaît déjà ses chiffres de un à cent et il maîtrise l'addition de petits nombres. Maintenant, il travaille sur la soustraction.

Réjouie, Ceci précisa :

— Il aime utiliser des Lego pour faire des calculs.

— Il est probable qu'il devienne ingénieur un jour.

Elle s'esclaffa.

— Il peut être ce qu'il veut.

Le téléphone de Brett sonna de nouveau. Il jeta un coup d'œil au numéro et grogna.

— C'est ma mère.

— Vas-y, réponds.

Il leva les yeux au ciel, décrocha et articula :

— Bonjour, Maman.

Il écouta un moment, puis répondit :

— Ceci va bien. Oui, les enfants aussi.

Avec un sourire malicieux, il ajouta :

— Tu n'as qu'à lui demander. Elle est juste à côté de moi.

Il lui tendit le téléphone et Ceci essaya immédiatement de retirer ses mains, mais Brett insista.

— Allez, parle, Maman, Ceci peut t'entendre.

Et il se leva et alla vers les enfants.

Ceci lui lança un regard furieux.

— Bonjour, Mikka, comment allez-vous ?

Ce n'était vraiment pas une corvée de parler avec Mikka, parce qu'en réalité, personne ne pouvait en placer une. Elle s'emballa en relatant à quel point elle était inquiète pour les enfants et à quel point elle était désolée pour ses vacances transformées en cauchemar. Elle avait eu des nouvelles de Jason qui était vraiment contrarié. Pourquoi n'avait-elle pas téléphoné pour lui faire savoir qu'elle allait bien ? Cet homme s'intéressait vraiment à elle et serait bien pour elle et les enfants. Approuvant avec des murmures appropriés, Ceci survécut à la majeure partie de la conversation. Puis il y eut un silence étrange. Suivi d'un halètement.

— Mon Brett est là ?

Ceci se doutait qu'elle allait être en difficulté alors que Mikka s'arrêtait enfin de parler, assez longtemps, pour faire le lien.

— Oui. Désolée, je dois y aller. Au revoir.

Elle raccrocha précipitamment et éclata de rire.

Brett passa la tête dans la pièce et la fixa avec méfiance.

— Que se passe-t-il ?

Espiègle, elle lui rendit son téléphone.

— Mikka vient de réaliser que tu étais ici, avec moi.

Elle fit demi-tour et s'éloigna avant de se retourner pour ajouter :

— Bonne chance.

Comme c'était à prévoir, la sonnerie du téléphone retentit, une nouvelle fois. Ceci perçut le juron étouffé de Brett et pouffa de rire en le voyant hésiter.

Il la considéra et remarqua :

— Tu as un côté méchant.

Puis, il répondit au téléphone et se rendit dans le salon.

— Re-bonjour.

Même si Ceci aurait bien aimé entendre la conversation, elle ne le souhaitait pas vraiment. Il allait subir un véritable interrogatoire.

Elle avait conscience, aussi, que la mère de Brett savait à quel point il avait été profondément blessé auparavant. Cet appel téléphonique n'allait rien avoir de facile. Peut-être était-ce méchant de sa part, mais elle ne possédait pas plus de réponses que quiconque. Ceci n'avait aucune idée de ce qui se passait entre eux. Tout ce qu'elle pouvait dire, c'était que, ce matin-là, ils avaient franchi une étape, qu'elle n'avait jamais rêvé pouvoir revivre.

BRETT NE PRIT même pas la peine de baisser la voix.

— Non, je ne suis pas sûr de ce que je fais, Maman, je sais juste que je dois le faire.

Il écouta sa mère lui ressasser la gravité de ses blessures passées.

— Tout cela n'a plus aucune importance. Tout ce qui compte, c'est aujourd'hui. Je n'ai jamais cessé de l'aimer. C'est Ceci qui s'est éloignée de moi.

— Et je ne veux pas que cela se reproduise, dit sa mère d'une voix peinée.

— C'est toi qui m'as raconté à quel point Ceci était malheureuse avec Jimmy. À quel point sa vie était difficile après sa mort.

— Cela ne signifiait pas que je voulais que tu t'impliques et la sauves, protesta Mikka.

— Ce n'est pas nécessaire. Elle se débrouille très bien seule. Maintenant, je suis en service, donc je te rappellerai plus tard.

Lorsqu'il raccrocha, il réalisa que sa conversation avait été écoutée. Il pivota pour découvrir Ceci se pencher dans l'encadrement de la porte, les larmes aux yeux.

— Tu m'aimes toujours ? chuchota-t-elle.

Gêné mais jamais prêt à reculer ou à se rendre – à moins que ce ne soit le genre de reddition qui était bénéfique pour eux deux – il lui déclara :

— Cela n'a rien de surprenant. Je t'aimais il y a des années. Tu étais tout pour moi. Cela n'a pas changé.

Sa lèvre trembla.

— Mais je t'ai blessé.

Ses yeux se remplirent, encore, de larmes.

— Oui, tu l'as fait.

Il haussa les épaules.

— Apparemment, je n'abandonne pas facilement.

Il étudia la distance, se demandant ce qu'il faudrait pour la franchir.

— Le bon côté, c'est que je reste fidèle à mon cœur.

Un petit halètement échappa à Ceci.

— Pas moi ?

Brett secoua la tête. Il avait le sentiment de marcher dans un champ de mines. Il redoutait de faire le moindre faux pas.

— Je pense que tu as profondément souffert, que tu ne savais pas comment gérer cela et que tu as fait ce que tu as l'habitude de faire.

— Fuir ? rétorqua-t-elle amèrement, son corps se raidissant alors que l'anxiété la submergeait.

— Non. Te cacher.

Il s'approcha, ses pas étaient calmes et assurés.

— Qu'est-ce qui t'attirait chez Jimmy ?

Il ne la toucha pas. Il se tint juste devant elle, ne lui permettant ni de reculer ni d'avancer.

— Réfléchis, la pressa-t-il.

Elle haussa les épaules.

— Je pensais l'aimer.

— Mais ce que tu m'as confié, c'est que tu aimais l'ensemble. Que tu cherchais à t'installer et à fonder une famille.

Elle approuva.

— Oui, c'est ce que je t'ai dit.

— Mais il y avait quelque chose d'autre chez Jimmy que tu aimais vraiment, dit-il doucement. Et dont tu avais besoin à ce moment-là de ta vie.

— Quoi donc ?

Elle fronça les sourcils en le regardant. Pas contrariée, mais curieuse. Bien.

— Il avait un côté sécurisant. Son travail n'était pas dangereux. C'était un archiviste. Il ne faisait pas de sport de haut niveau. Il avait l'air d'un bon père de famille. Au quotidien, il partait le matin, allait travailler, rentrait chez lui et généralement, regardait la télé le soir.

Il inclina sa tête vers lui.

— N'est-ce pas ?

Elle mit un moment avant d'acquiescer, brièvement.

— Alors pense à ça.

Il effleura doucement sa lèvre inférieure avec son pouce.

— Lorsque tu as perdu le bébé, tu as été blessée et tu es partie. Tu as enchaîné les relations, à la recherche d'un abri. Jimmy te l'a offert. Il pouvait te donner les enfants que tu désirais. Dans ton esprit, tu avais un refuge où te cacher, où t'isoler du reste du monde. Ce monde qui avait tremblé, qui t'avait écorchée, où tu ne te sentais plus en sécurité. Jimmy t'a procuré un foyer sûr et stable.

— On dirait une idiote, protesta-t-elle.

— Tu ne pensais pas rationnellement, peut-être même pas du tout. Tu réagissais. À la douleur. À la perte. À toute la souffrance que tu avais refoulée.

Elle se redressa et l'examina.

— Tu ne ressens pas de rancœur envers mes enfants ?

— Bien sûr que non, s'exclama-t-il. Pourquoi ?

L'idée qu'il puisse éprouver un sentiment pareil semblait tellement incongrue à Brett qu'il peinait à croire que Ceci lui ait posé la question.

Elle fronça les sourcils et se concentra sur le sol.

— Jimmy, lui, en avait.

Si Jimmy s'était tenu devant Brett à ce moment-là, il l'aurait très probablement frappé. Il aurait attendu qu'il se relève et aurait recommencé. Comment ce misérable avait-il réussi à faire en sorte que cette si belle femme puisse perdre confiance en elle au point de croire que ses enfants ne pouvaient pas être aimés ? Puis, en réfléchissant, Brett se demanda s'il s'était comporté d'une façon similaire… Lorsque Ceci avait été blessée, elle avait fui. Elle n'était pas venue chercher du réconfort auprès de lui. Elle l'avait fui.

Il inspira profondément, c'était du passé. Ils avaient tous les deux changé, mûri.

— Ceci…C'était son problème. Ses entraves, ses fardeaux doivent rester enfouis avec lui. Nous n'avons pas à les gérer.

— Je ne suis plus la même que lorsque je me suis installée avec Jimmy, répondit-elle doucement. J'ai fait mon introspection, après son décès. Aujourd'hui, j'ai un autre rêve.

Il inclina la tête et l'étudia.

— Lequel ?

Elle ouvrit la bouche pour répondre.

Il s'approcha pour l'écouter. Mais, au même instant, des coups de feu éclatèrent, à l'avant de la maison. Des balles arrosèrent le salon. Ils se jetèrent au sol. Alors que la fumée et la poussière se dissipaient, Brett entendit un véhicule démarrer en trombe. Il attrapa son téléphone et appela Mason.

— Mes enfants, sanglota Ceci, rampant vers eux.

Brett se précipita vers Jimmy et Jennifer et ne vit pas de

sang. Ils avaient peur. Ils étaient indemnes. Il les saisit.

— Emmène-les dans ta chambre et restez là-bas. Je reviens tout de suite.

Il bondit dehors.

CHAPITRE 22

BLOTTIS, ENSEMBLE, SUR le lit défait où Brett et elle s'étaient retrouvés, Ceci étreignit ses enfants avec force. Tous deux enfouirent leur tête contre sa poitrine. Ils tremblaient de peur.

Il fallait que ça s'arrête. Ses enfants risquaient d'être traumatisés à vie. Ceci s'attendait à entendre un véritable branle-bas de combat au dehors. Des gens courant dans tous les sens, tentant de comprendre ce qui s'était passé… Mais, non. Rien.

Elle observa autour d'elle, sa petite maison. Il était hors de question qu'elle reste ici. Le salon était inhabitable, totalement recouvert de verre. Il y avait, également, le fait que celui ou ceux, qui essayaient de la tuer, savaient où elle habitait.

C'était une chose de faire ses bagages quand elle était en Somalie, mais maintenant… Ceci secoua la tête. Il s'agissait d'un déménagement complet. Impossible de le mettre en œuvre rapidement. Elle avait de la famille à qui demander de l'aide, mais elle hésitait. Appeler au secours sa famille élargie, ce n'était pas son style. Du moins, pas jusque-là.

Ceci avait été heureuse au sein de sa famille d'accueil. Cependant, au fil du temps, elle avait laissé leur relation se déliter. Elle contempla ses enfants et prit conscience du peu de nouvelles qu'elle avait donné au fil des ans. Elle devrait changer ça.

Repensant à son histoire, à ses schémas, à ses peurs, elle réalisa qu'effectivement, elle s'était cachée. Depuis toujours. Quand elle avait dix-sept ans, ses parents d'accueil avaient évoqué l'idée de l'adopter. C'était presque trop tard pour elle à ce moment-là, ça lui avait semblé être une trahison envers sa propre mère. Elle était passée en mode écorchée.

Elle avait déménagé peu après. Au début, elle avait contacté sa famille d'accueil, de temps à autre. Même si, dans les faits, elle avait déjà commencé à mettre de la distance entre eux avant de partir. Pourquoi ? Ils lui avaient fait une offre incroyablement généreuse, tellement affectueuse… Au lieu d'accepter, elle s'était éloignée. Quand elle avait perdu leur bébé, elle aurait dû savoir que Brett serait là, pour elle. Il ne l'avait jamais laissé tomber. Mais elle avait mal et s'était enfuie. Encore une fois. Pourquoi ?

Parce que, tel un animal, elle s'était cachée pour guérir. Elle n'avait pas tant fui que s'était terrée.

Quand Jimmy était mort, elle n'avait pas pu agir de la même manière. Elle devait s'occuper de ses enfants. Ils avaient été son soutien. Elle avait dû être forte pour eux. Elle était tout ce qu'ils avaient. Ils étaient tout ce qu'elle avait. Et, en admirant leurs doux visages, elle réalisa que si quelque chose lui arrivait, elle voudrait que quelqu'un les adopte.

La dernière chose qu'elle désirait, c'était qu'ils se sentent seuls et mal-aimés, comme elle l'avait été. En y pensant plus longuement, elle réalisa que c'était comme si elle avait l'impression de ne pas mériter d'amour. Comme si elle était, quelque part, responsable du départ de sa mère. Pire que ça, elle craignait de perdre encore quelqu'un qu'elle aimait, alors autant ne pas aimer. C'était le seul moyen pour ne plus souffrir. De telles vérités étaient cruelles.

Et cela n'enlevait rien au fait qu'il y avait un schéma répétitif dans son histoire, qu'elle ne l'appréciait pas particulièrement. Il était temps d'en changer. Elle caressa doucement les cheveux de Jimmy.

— Il va falloir te faire couper les cheveux, mon grand.

Il renifla et posa sa tête contre sa poitrine.

— Veux pas.

Elle sourit en entendant ce retour au langage des bébés.

— Il faudra quand même le faire, dit-elle joyeusement. Mais peut-être pas aujourd'hui ni demain. Que dirais-tu de la semaine prochaine ?

Tenant Jimmy et Jennifer en sécurité dans ses bras, Ceci se pelotonna plus profondément dans le lit et murmura :

— Je pense qu'il est grand temps que nous fassions, tous, une sieste.

— Toi aussi, Maman ?

Elle ferma les yeux et l'étreignit. Elle ne dormirait pas. Mais elle avait la chance de tenir ses bébés, contre elle, après une telle épreuve, alors, oh que oui, elle la saisirait.

— Oui, moi aussi.

Brett revint dans la maison. Il n'arrivait pas à se défaire de l'impression que la fusillade en voiture avait pour objectif de les faire sortir. La dernière chose qu'il souhaitait était de permettre l'entrée d'un nouvel intrus. Ce matin, il s'était senti plutôt stupide…

Jusqu'alors, il ne lui semblait pas que Ceci lui reprochait quoi que ce soit, mais lui si. Il ne savait pas ce qu'il ferait s'il arrivait quelque chose à sa famille.

Il se figea presque. Sa famille ? Cette pensée tourbillonnant dans son esprit, il sourit. Oui, ils étaient sa famille. Il ne s'agissait pas de la progéniture du précédent mariage de Ceci. Il s'agissait de Ceci et de ses enfants, qu'il considérait désormais comme les siens. Qu'il soit maudit s'il laissait quelqu'un leur faire du mal.

Ceci vivait dans un joli petit quartier résidentiel. Les flics étaient déjà en route, ça allait être encore le désordre, mais c'était nécessaire.

Jimmy et Jennifer n'avaient pas besoin de vivre ça. Il serait préférable qu'il les emmène chez lui. Brett avait acheté cette maison, adaptée à une famille, après leur rupture. Peut-être avait-il pressenti qu'il avait perdu plus que « juste » Ceci. Depuis, il vivait seul dedans. En l'attendant…

Il s'en félicitait maintenant car c'était un endroit parfait pour eux. Mais il allait trop vite. Il ne savait absolument pas si Ceci avait envie de déménager ou non. C'était une chose d'être en couple, c'en était une autre d'être accepté comme le père de ses enfants.

De toute façon, ils devaient, d'abord, tourner cette horrible page.

Il entendit du bruit en provenance de la chambre de Ceci. De l'embrasure de la porte, il les observa, un sourire flottant sur ses lèvres. Ils dormaient. Tous les trois. Curieusement, Ceci s'était lovée à l'endroit où il avait dormi. Comme si elle devinait qu'elle serait en sécurité dans ses bras.

CHAPITRE 23

CECI FUT RÉVEILLÉE par les rayons du soleil de l'après-midi. Qui aurait pensé qu'elle s'endormirait ? Jimmy et Jennifer toujours blottis contre elle, elle sourit. Elle les embrassa sur le sommet du crâne, avant de s'extirper des couvertures et de se diriger vers le salon. Elle s'arrêta devant le désastre qui s'étendait devant elle. À travers l'espace, réduit en miettes, de la fenêtre, elle vit des gens dans sa cour. Elle s'immobilisa en remarquant les policiers, puis se détendit.

Bien sûr qu'il y aurait des policiers. Il y avait eu une fusillade. C'était leur affaire.

Mais elle ne souhaitait pas répondre à encore plus de questions.

De sa position, elle pouvait voir Brett, au coin du garage. À ses côtés se trouvaient Swede et Mason. Une discussion animée avait lieu. Ceci n'avait pas envie d'y participer. Mais c'était sa maison, sa famille… Elle ne pouvait pas s'y soustraire, pas plus que de n'importe quoi d'autre. Réfléchissant à sa formulation, elle eut envie de rire. Bien sûr qu'elle s'était soustraite, de presque tout. Mais elle n'était plus la même… Elle ferait tout pour garder sa famille en sécurité.

Elle sortit par la porte latérale et s'approcha de Brett. Il fronça les sourcils mais tendit immédiatement sa main. Elle entrecroisa ses doigts aux siens et fit face à la police.

— Quand pouvons-nous partir ? demanda-t-elle au policier.

Il lui jeta un coup d'œil et dit :

— Étiez-vous à l'intérieur quand la fusillade a eu lieu ?

— J'étais avec Brett, mes enfants jouaient dans le salon.

— Quelqu'un a été blessé ?

Elle secoua la tête.

— Pas physiquement.

Il opina, compréhensif.

— Nous aurons besoin de votre déposition. Ensuite, il serait préférable que vous quittiez la maison, le temps que nos interventions soient réalisées.

— Je vais faire nos valises, immédiatement.

Elle lâcha la main de Brett, du moins, essaya, il ne la laissa pas partir.

Il la serra contre lui et passa un bras autour de ses épaules.

— Si l'un d'entre vous veut venir dans la cuisine, nous pouvons faire nos dépositions là-bas, puis partir avec les enfants.

Le jeune policier, qui posait des questions, accepta :

— Je vous suis.

— Je viens aussi, dit un deuxième policier, arrivant de l'arrière de la maison.

Elle n'était pas restée dehors plus de cinq, dix minutes, peut-être quinze au maximum.

Pourtant quand elle rentra, elle sut que quelque chose avait changé. La malveillance flottait dans l'air.

Son sang se glaça. Pitié, non. Elle se précipita vers sa chambre et se figea sur le seuil. Ses enfants avaient disparu.

Elle fit volte-face et traversa la maison en criant :

— Jimmy, Jennifer, où êtes-vous ?

Elle retourna vers Mason.

— Mes enfants ne sont plus là.

Des larmes de terreur remplirent ses yeux.

— Je me suis réveillée, je suis sortie silencieusement et je vous ai parlé… Ils ne peuvent pas être loin.

Elle constata, qu'à l'avant de la maison, la cour était déjà vide. Tout le monde s'était précipité à la recherche de ses enfants.

Ceci courut dans le jardin et étudia la petite barrière. Elle n'était pas destinée à protéger et n'empêchait aucune intrusion. Elle ne réalisa qu'alors à quel point cette maison était accessible.

Peu importait.

Ses enfants avaient disparu. Elle se mit à trembler. De colère ? De peur ? Elle ne savait pas. Sous la surface, apparaissait une haine telle qu'elle n'en avait jamais ressentie auparavant.

Brett explosa :

— Reste ici avec la police.

Il franchit d'un bond la clôture et atterrit dans le jardin du voisin.

Elle pouvait entendre la circulation de la rue. Comment savoir qui étaient les conducteurs ? Non, ses enfants ne pouvaient pas être partis. Impossible en si peu temps.

Ceci pouvait à peine bouger.

Elle était tétanisée.

Les policiers, avec lesquels elle était entrée, fouillaient sa maison.

Seule, elle fit les cent pas dans le garage resté ouvert. Dans sa tête, elle pouvait les entendre pleurer, l'appeler. Son cœur se tordait à chaque cri.

Elle s'immobilisa. Bon sang. Elle aurait juré qu'elle les entendait. Vraiment. Elle tournoya sur elle-même et fixa sa petite maison. Elle rentra en courant et se tint dans le salon. Tournant en rond, elle essaya de filtrer le son, dans sa tête. Elle savait que son cœur, que son esprit lui criaient d'agir. Mais entendait-elle réellement ses enfants, ou était-ce son imagination ?

Un des agents demanda :

— Qu'est-ce qui ne va pas ?

— Je peux les entendre.

Devant son regard plein de compassion, elle s'écria :

— Je peux ! Je peux les entendre !

Elle se précipita à nouveau dans sa chambre. Au moment où elle atteignit l'encadrement de la porte, elle entendit un bruit étrange. Un bruit qu'elle reconnut. Ses pieds refusèrent de faire un pas de plus. La terreur s'empara d'elle. Son esprit lui cria de courir. Mais, au lieu de ça, elle se retourna. Elle vit, alors, le plus jeune des deux policiers s'agenouiller lentement, s'effondrer face contre terre.

Choquée, elle leva les yeux vers le deuxième policier, qui tenait son pistolet pointé, droit sur elle.

Une fureur, dont elle ne soupçonnait pas l'existence, s'éveilla en elle. Consciente, pour la première fois de sa vie, qu'elle pourrait tuer un homme sans un regret. Elle scruta l'homme responsable de la disparition de Jimmy et Jennifer.

— Qu'avez-vous fait à mes enfants ?

Il rit.

— Tu peux encore les entendre pleurer, se moqua-t-il. Ça n'a aucune importance que tu puisses les entendre ou non. Ils auront, peut-être, une chance de vivre. Toi, non.

Il leva son arme et tira.

RÊVANT DE VOIR les enfants apparaître devant lui, Brett

sauta la clôture. Jusqu'à présent, il n'y avait aucun signe d'eux. Nulle part. Sur la route, deux véhicules qu'ils soupçonnaient d'être impliqués, avaient été interceptés. Mais il s'agissait simplement de jeunes, qui s'amusaient en faisant le show avec leurs nouvelles voitures. Ils ignoraient tout de l'enlèvement.

Il retourna en courant sur le côté de la maison. Ceci n'était plus là. Il entendit un son qui lui glaça le sang.

Des coups de feu.

Il se faufila jusqu'à la porte de la cuisine restée entrouverte et entra discrètement. Il avait son pistolet dans la main. Depuis leur retour sur le sol américain, il ne l'avait jamais quitté. Il ne fallait pas que Ceci le sache. Inutile de lui rappeler tout ce qu'elle venait de vivre. De là où il se tenait, il pouvait la voir, à genoux. Sa main sur sa poitrine, son sang fleurissant son épaule.

Le tireur exultait.

— Sale garce. Ça ne valait même pas la peine de venir jusqu'ici pour toi. Ma Lena est morte ! Ça aurait dû être toi. C'est de ta putain de faute !

Il releva son arme.

Brett se précipita en avant. Quand Ceci le vit, elle lui envoya le plus doux des sourires.

Merde. Il ajusta sa visée et tira.

L'assaillant tomba, roula, tira au hasard et se redressa, derrière Ceci. L'arme sur sa tête.

— Pose ça, grogna-t-il.

— Non, grogna Ceci. Tue ce petit salopard.

L'agresseur tira sa tête en arrière, la faisant hurler de douleur.

Pour que la balle de Brett le touche, sans déclencher un tir qui tuerait Ceci, Brett avait besoin que son adversaire abaisse, un peu, sa main.

Hors de question que Ceci soit assassinée.

— Lâche-la, ordonna-t-il.

— Même pas en rêve…

Brett savait que ce salaud allait mourir. L'homme en avait conscience et il allait s'assurer d'emmener Ceci avec lui.

Ce qui se passa ensuite se déroula si vite qu'il ne le comprit pas vraiment.

Ceci se redressa brusquement, un long morceau de verre dans sa main et poignarda son agresseur à la gorge.

Brett se précipita. Il désarma l'homme alors qu'il gargouillait son dernier souffle. Dans ses yeux, seule la haine survivait.

Pour Ceci. Pour Brett. Pour le monde entier.

Ensuite, la faucheuse l'emporta.

— Bon débarras, murmura Brett.

Brett se tourna vers Ceci alors que Swede et les autres déboulaient dans la pièce. Il les ignora.

Ceci se releva, chancelante. Du sang dans les yeux, du sang gouttant de sa paume, profondément entaillée par le verre, du sang s'écoulant de son épaule blessée…

— Chérie, il est mort. Tu l'as fait. Tu l'as tué.

Elle releva la tête vers lui, son regard exorbité, tentant de faire face à la réalité.

— Je devrais me sentir mal, murmura-t-elle. J'ai tué un homme. De sang-froid. Mais ce n'est pas le cas. Tout ce que j'éprouve, c'est… du soulagement.

Il remit son pistolet en place et tendit doucement sa main. Il saisit son poignet et ouvrit lentement, prudemment ses doigts.

— Lâche ça.

Son regard se posa sur l'arme qu'elle tenait toujours.

Frissonnante, elle ouvrit sa main et laissa l'arme tomber sur le parquet.

D'une voix étrangement calme, elle s'adressa aux hommes qui les entouraient :

— Il y a un policier blessé dans la chambre, aidez-le, s'il vous plaît.

Plusieurs hommes se précipitèrent.

Soupirant bruyamment, elle dit à Swede :

— J'entends mes enfants. Ils sont quelque part, ici. S'il vous plaît, retournez cet endroit. Trouvez-les.

Elle tendit sa main vers Brett, faiblement et chuchota :

— Prends soin d'eux pour moi. Je t'aime vraiment.

Soudain, ses yeux se révulsèrent et elle s'effondra dans ses bras.

CHAPITRE 24

ELLE AVAIT MAL partout. Pourquoi ? Ceci se retourna et sentit une nausée monter.

— Allez-y doucement. Vous vous réveillez d'une opération. Vous pouvez être un peu barbouillée. Si vous souffrez beaucoup, on peut vous donner quelque chose, pour vous aider à vous rendormir.

Opération ? Que diable lui était-il arrivé ? Alors qu'elle se rallongeait, devant l'insistance de l'infirmière, elle essaya de comprendre ce qu'il se passait. Son esprit était assailli de vagues nauséeuses, elle faillit vomir. Elle frissonna. Une couverture chaude fut enroulée autour de ses épaules et de son cou. Elle gémit sous l'effet de la chaleur pénétrant ses os. Ses paupières se refermèrent.

— Reposez-vous. Votre corps en a besoin pour guérir. Dormez.

Non. Ceci préféra ouvrir les yeux, fixant les traits flous qui se dessinaient devant elle. Elle tenta de donner du sens à ce qui l'entourait. Des souvenirs affluèrent dans sa mémoire. Elle tressaillit en sentant la panique la saisir. D'une voix brisée, presqu'inaudible, elle demanda :

— Et mes enfants ?

Elle toussa.

— Ça va ?

L'infirmière, amusée, la tranquillisa :

— Votre mari m'a prévenue que ce serait la première question que vous poseriez et que je devais vous dire qu'ils allaient bien.

Ceci s'enfonça dans les oreillers, le soulagement l'emportant. Peu importait à quel point elle était grièvement blessée, tant que ses enfants étaient en sécurité. Elle guérirait. Mais perdre ses bébés… Ce serait insurmontable.

— Maintenant que vous êtes rassurée, dormez. Tout va bien se passer.

Elle sourit, puis se souvint du mot que l'infirmière avait utilisé.

— Mari ?

— Eh bien, futur mari. Si cette petite différence a de l'importance.

De derrière le dos de l'infirmière, la voix de Brett lui parvint. Ses pas se faisaient plus marqués à mesure qu'il s'approchait.

— Mais avant qu'on en discute, repose-toi.

— Déjà en train de donner des ordres, grommela-t-elle.

Mais, sa joie se dessina sur son visage. *Mari*. Ça sonnait bien. Elle ferma les yeux et s'endormit.

Lorsque Ceci se réveilla, pour la seconde fois, Mikka était assise à ses côtés. Elle resta tranquille un moment, étudiant la mère de Brett. La patience et l'amour de cette femme étaient remarquables, mais elle pouvait être, aussi, terriblement insupportable. Et elle aimait Brett.

— Je sais que tu es réveillée. J'en suis contente. Je ne voudrais pas avoir à gérer mon fils, si quelque chose de mal t'arrivait.

Ceci sourit.

— Brett est un homme très spécial.

Son corps était douloureux et elle ne voulait pas bouger.

Cette conversation était un peu perturbante. Sa relation avec Brett était trop récente. Impossible de l'analyser ni même de la comprendre.

— Non seulement c'est un homme spécial, mais il est, également, complètement fou de toi. Et je suis là pour te dire que si tu fais encore du mal à mon garçon…

Sa voix s'éteignit.

Ceci tendit sa main. Elle fut heureuse lorsque Mikka la saisit.

Elle ne pouvait pas ouvrir les yeux, mais elle pouvait la rassurer.

— J'ai toujours aimé Brett. Après ma fausse couche, j'ai perdu pied. Je ne comprends pas vraiment ce qui m'est arrivé. Tout ce que je peux dire, c'est que, dorénavant, ma vie est sur la bonne voie. Je l'aime. Je l'ai toujours aimé.

Ses doigts furent étreints, sa main relâchée. Ceci s'enfonça alors dans une brume douloureuse, jusqu'à ce que des lèvres chaudes se posent sur sa joue.

La voix de Brett chuchota à son oreille :

— J'ai toujours su que tu m'aimais encore.

Elle ouvrit les yeux.

Il lui sourit, penché au-dessus d'elle.

— Même quand tu étais avec Jimmy, j'ai toujours su que tu tenais à moi. Ça m'a tourmenté pendant des années, jusqu'à ce que je réalise, que tu devais te retrouver. Aujourd'hui, c'est le cas. Tu es revenue chez toi.

Elle caressa le côté de son visage bien-aimé.

— Sauf que je ne suis plus seule.

Elle avait besoin qu'il comprenne.

— Jimmy et Jennifer ont besoin d'un père qui les aimera. Qui les gardera près de lui et les traitera comme les siens.

Il s'assit sur le lit à côté d'elle, réjoui.

— Personnellement, je pense que tous nos cœurs ont été mis à rude épreuve. Peut-être qu'à présent, nous pouvons simplement devenir une famille.

Elle l'examina.

— Est-ce que tu le penses vraiment ?

— Oui. Nous ne pouvons pas continuer ainsi, murmura-t-il. Nous nous aimons, depuis toujours. Attendre que tu trouves le chemin te ramenant à moi a été difficile. Maintenant, que tu es là, évidemment que je veux de Jimmy et de Jennifer. Je les aime déjà. Et si possible, j'aimerais avoir d'autres enfants…

Elle était ravie. Une douce chaleur se répandit dans tout son corps, dans toute son âme.

— J'aimerais aussi, chuchota-t-elle. J'ai toujours voulu avoir une grande famille.

— Parfait. Alors, nous allons devoir officialiser ça. Je ne veux pas risquer de te perdre, de nouveau.

Elle éclata de rire.

— Je te le promets. Je serai à tes côtés pour toujours. Tant que tu voudras me garder près de toi.

Un rire étouffé, venant du couloir, la surprit. Elle tourna la tête et découvrit l'embrasure de la porte encombrée de six hommes, aux regards acérés, qui s'affairaient dans l'étroit espace.

— Qu'y a-t-il de si drôle ?

Mason sourit.

— Nous avons une tradition. Lorsque l'un de nous trouve la femme de sa vie, il doit décider s'il la garde… ou non.

Elle fronça les sourcils, doutant d'apprécier la direction que prenait cette conversation.

Brett grogna et dit :

— Ne les écoute pas.

Elle lui tendit la main.

— Chut.

Il lança un regard noir aux hommes, qui s'amusaient. Swede avança à peine.

— Le truc, c'est que, comme nous avons tous rencontré notre âme sœur, nous espérions que Brett finirait par la trouver aussi.

Ceci étudia son visage.

— Revenons à la remarque de Mason. Que se passe-t-il si vous ne voulez pas garder la femme de votre vie ?

Ils s'esclaffèrent.

— Je n'en ai aucune idée, admit Swede. Parce que les SEAL ne sont pas connus pour leur stupidité. Jusqu'à présent, on a tous gardé notre âme sœur, sans laisser à d'autres la chance de nous la voler.

— Et ce n'est pas différent cette fois-ci, grogna Brett en les foudroyant du regard. Allez-vous-en, d'accord ?

— Non, pas tant que nous ne l'aurons pas entendu.

Elle rit doucement devant le malaise de Brett.

— Tu sais quoi… je crois que je veux l'entendre aussi.

Il renifla.

— Hors de question. Pas devant un public.

Dans l'entrée, il y eut une agitation lorsque Shadow pénétra dans la pièce, tenant à bout de bras à la fois Jimmy et Jennifer.

— Maman ! s'écria Jimmy, essayant de se jeter vers elle.

Jennifer était toute joyeuse.

Émue aux larmes, Ceci tendit un bras pour les étreindre. Quand elle put parler, Jimmy la devança.

— Maman, on peut garder Brett ?

Sans voix, consciente du soudain silence, elle demanda à

son fils :

— Comment ça ?

— Il a beaucoup été avec nous. Je l'aime bien. On peut le garder ? Dis, on peut ? Jennifer a besoin d'un papa, ajouta-t-il, malin et fier.

Brett sourit et lui donna une petite pichenette sur l'épaule.

— Et toi, champion ? Tu as besoin d'un papa ?

Jimmy le dévisagea et dit :

— Je veux un papa…

Brett ouvrit ses bras.

— Dans ce cas, peut-être que j'accepterai.

Jimmy se jeta dans ses bras. Puis se tourna pour regarder Ceci.

— Maman ?

Elle savait ce qu'il lui demandait.

— Oui, nous pouvons le garder.

— Pour toujours ? questionna prudemment Jimmy avec la sagesse de quelqu'un qui sait déjà que certaines choses ne durent pas.

— Oui, répondit-elle, des larmes inondant ses joues.

Sous les applaudissements de tous, Ceci ajouta :

— Pour toujours.

C'est la fin du tome 11 de *Légion d'honneur : Brett.*
Découvrez le premier chapitre de *Devlin : Légion d'honneur, tome 12*

Légion d'honneur : Devlin, tome 12
Chapitre 1

I L Y AVAIT les missions d'entraînement et des missions d'entraînement. Devlin Hayman était en Afghanistan avec l'une des deux équipes de SEAL, formées, en partenariat avec des militaires locaux, sur les nouvelles tactiques de guerre ouverte.

Entre la poussière, la saleté et la barrière de la langue, il en avait assez. Mais, il était là pour aider l'élite militaire afghane et cela en valait la peine. Cela dit, cet après-midi le sortirait de sa routine. Il allait, à son tour, apprendre quelque chose et s'entraîner avec de nouveaux drones.

Cette formation était commune aux Afghans et aux SEAL. Actuellement, dans le monde entier, des équipes utilisaient des drones pour des opérations très particulières. Il semblait évident que leur maniement devait être connu et compris par les SEAL. Devlin avait travaillé sur certains modèles basiques. Ceux présentés aujourd'hui étaient de haute technologie. Il voulait les connaitre. Le fabricant avait envoyé un représentant de son équipe de conception. Il devait, déjà, être ici. À 13 heures, la session commencerait.

Quelle excellente façon de passer sa dernière journée. Il partait demain, direction les États-Unis. Il avait hâte. Il était ici depuis trois semaines et était sûr d'avoir mangé au moins un kilo de poussière. En y réfléchissant, il en avait probablement mangé trois ou quatre.

La formation s'était bien passée. Même si sa patience était à bout. On aurait dit que chaque stagiaire s'évertuait à ne regarder, qu'exclusivement, devant lui ; en oubliant systématiquement de regarder en arrière. Il en était de même pour tous. Pourtant, savoir surveiller ses arrières était extrêmement important.

Ce type de formation était essentielle. Ces hommes étaient des alliés. L'arrivée d'Easton avait grandement facilité le processus. C'était un membre de l'équipe de Devlin. Il était au même grade que Swede dans l'unité de Mason et possédait une patience d'ange.

Son équipe était complétée par Ryder et Corey.

Quatre membres de l'unité de Mason étaient également présents : Mason lui-même, accompagné de Shadow, Markus et, bien sûr, Swede. De nombreux changements de personnel, dans différentes spécialités, avaient été effectués pour amener les bonnes personnes à suivre cette formation sur les drones. Swede, malgré sa taille, était imperturbable face à la technologie. Dans son ombre se tenait, comme toujours, Shadow. Cet homme était taciturne, silencieux et discret. On ne l'entendait jamais ni arriver ni partir. Tel un drone furtif.

Devlin s'approcha de Ryder et Corey. La session commencerait dans vingt minutes.

Au son d'un vrombissement, Devlin leva les yeux vers le ciel et aperçut un drone, au loin, sur sa gauche. S'assurant que tout allait bien autour d'eux, il poussa Ryder du coude puis désigna l'appareil à l'intention de Corey. Ils se retournèrent pour l'analyser.

Celui-ci était en forme de chauve-souris, presque comme un mini avion de chasse furtif.

— C'est l'un des nouveaux, commenta Devlin.

Corey sourit, bondissant presque sur ses pieds.

— J'ai hâte de jouer avec.

— J'ai entendu dire que l'ingénieur était déjà arrivé, dit Ryder.

— Bien. Je suis impatient d'en apprendre plus sur ces trucs.

Devlin observa Corey suivre le drone dans les airs.

— Je ne sais pas, dit Ryder. Je préférerais avoir un pistolet dans ma main plutôt qu'une télécommande.

Devlin s'esclaffa.

— Tu peux avoir les deux, tu sais ?

— Tu es le seul doué avec ces machins, ajouta Ryder. Moi, je suis un gros balourd.

— Que nenni. Tu es le meilleur avec les engins explosifs improvisés…

Ryder haussa les épaules.

— Bien sûr, la nuit, je peux gérer tout ce qui éclate. Mais cette chose, dans l'obscurité ? Je n'en suis pas si sûr.

— Eh bien, cet après-midi, tu auras la chance de le découvrir.

— Je peux en finir avec n'importe quelle guerre, éliminer l'ennemi avant qu'il ne me voie et j'en passe. Mais penser qu'un drone puisse cibler et délivrer un tir, avec une telle précision, sans que personne ne le remarque…

Ryder secoua la tête.

— C'est carrément flippant, mec.

— Vous êtes prêts ?

Markus s'approcha derrière eux.

— Absolument, répondit Devlin. Je suis pressé de commencer.

Il fit un geste en direction des drones.

Markus approuva.

— J'en ai beaucoup entendu parler. Les secteurs privés les ont adoptés à un rythme effréné.

— C'est tout simplement ridicule, protesta Devlin. Nous avons besoin de la dernière technologie, mais, eux ? Ils peuvent aller se faire voir…

— Dis ça à Levi, dit Markus avec un sourire. Tu sais à quel point son unité a été pulvérisée. Eh bien, ils sont revenus en force et ont pris leur revanche, sur le reste du monde, en obtenant ce qu'il y a de plus gros, de plus puissant.

— Merde.

Devlin jeta un dernier regard vers le drone et se tourna vers le reste des hommes.

Ils eurent une courte discussion, puis se dispersèrent pour déjeuner. Devlin ne parvint pas à oublier les paroles de Markus. Levi et son unité avaient été détruits, tous autant qu'ils étaient. Mais, ils avaient survécu et avaient créé Legendary Security. Une entreprise de sécurité privée en pleine croissance, incroyablement respectée. Ils étaient sur le marché depuis seulement quelques mois et décrochaient déjà les meilleurs contrats.

En même temps, pourquoi cela ne serait-il pas le cas ?

Compte tenu du fait qu'ils avaient déjà recruté certains des meilleurs hommes de l'armée… Bordel, jusqu'à présent, ils n'avaient que d'anciens SEAL qui travaillaient pour eux, du moins, d'après ce qu'en savait Devlin. Même Flynn, qui avait été viré.

Flynn était aussi un type génial. Devlin se souvint alors des surnoms qui se promenaient autour de la société de Levi.

— Levi a peut-être les meilleurs gadgets technologiques, mais aussi des surnoms très romantiques qui le suivent…

Markus rit.

— Le dernier que j'ai entendu était « Héros du Cœur ».

Ryder renifla à côté d'eux.

— Moi, c'était « Héros à Louer ».

— Ouais, « Héros » est le dénominateur commun, ajouta Markus. Apparemment, à chaque fois qu'une femme arrive au sein de leur complexe, elle trouve un nouveau pseudo pour la société. Levi est dépassé et craint que l'un d'eux ne reste.

Devlin jeta un coup d'œil à Markus et dit, ironique :

— Tu devrais le comprendre. Tu fais partie de l'unité des « Gardiens ».

— On ne nous appelle pas comme ça, tu le sais très bien.

Markus sourit.

— Mais, comme je conçois parfaitement d'où vient ce surnom, je peux difficilement arguer contre. En plus, même si je le faisais jusqu'à manquer de souffle, ça ne convaincrait jamais personne d'arrêter. Mason a déjà essayé, au moins, un million de fois.

— Au fait, comment, diable, chacun d'entre vous s'est-il retrouvé dans une sorte de romance parfaite ? interrogea Ryder.

Markus lui tapa sur l'épaule.

— Mec, si tu savais. Nous n'aurions jamais imaginé trouver de telles partenaires. Regarde-nous maintenant. Dix sur dix.

— Incluons Levi parce que sa relation est fantastique, ajouta Ryder. Je suis vraiment heureux pour Ice. C'est une sacrée pilote. Des dizaines d'hommes avaient des vues sur elle, mais elle n'a jamais eu d'yeux que pour Levi.

— Je te le dis, énonça Markus. S'ils se marient un jour, ils inviteront la moitié de l'armée à la cérémonie. D'après ce que j'ai entendu, le domaine est presque assez vaste pour ça.

— Un domaine ? demanda Devlin. C'est vraiment ce qu'ils ont ?

— Oui. Complètement clôturé, entièrement sécurisé. Bullard est même dans le coup. Il a contribué à mettre en place la sécurité. Et Ice, eh bien, elle a deux hélicos là-bas. La configuration parfaite. Je te le dis, ils sont dans un sérieux business.

Tout aussi sensé que ça puisse paraitre, pour Devlin, ça défiait l'entendement. Il n'avait jamais rencontré Bullard. Mais, il en avait beaucoup entendu parler. C'était une sorte d'icône dans leur univers, qui avait établi son entreprise en Afrique. Moins de règles et de questions, avait-il répondu, lorsqu'on lui avait demandé, une fois, pourquoi ce choix. Tout autant une légende que Levi. Dans ce domaine, le choix du nom Legendary Security était parfait. Et Levi avait un énorme réseau. Lui et Ice. Ces deux-là seraient imbattables. Devlin était content pour eux et, peut-être, un peu jaloux. Il n'avait jamais réfléchi à son avenir, après sa vie en tant que SEAL. Il n'en avait pas le temps.

Actuellement, sa vie militaire était tout pour lui. Il ne comprenait pas du tout cette histoire d'âmes sœurs dont avait parlé Markus. Devlin n'avait pas le temps pour ce genre de conneries. Il faisait partie des rares qui préféraient les relations brèves, ne nécessitant pas d'attaches. Il ne s'en inquiétait pas quand il partait sur le terrain. De toute façon, il enchaînait mission sur mission. Quand il n'était pas déployé, il apprenait ou enseignait. Ça lui convenait, mais cela ne laissait aucune place pour construire une relation.

Alors chapeau à Markus et aux autres hommes qui faisaient fonctionner la leur. Pas question pour Devlin de rechercher la même chose.

Il n'était pas superstitieux, mais quand Ryder avait parlé de ne pas vouloir trainer avec les Gardiens – au cas où ça serait contagieux – Devlin avait secrètement approuvé. La dernière chose qu'il désirait, c'était de finir par faire partie de leur groupe. Ryder ressentait la même chose. Aujourd'hui, plusieurs Gardiens étaient mariés. Pourtant, Devlin avait une majorité de copains SEAL en train de traverser des difficultés relationnelles, un tas d'entre eux étaient même célibataires et pas par choix, comme Ryder, par exemple. Le taux de divorce était élevé. Les épouses de militaires n'avaient pas une vie facile. Pourtant, le groupe des Gardiens réduisait, indubitablement, le nombre de ses célibataires, un par un.

Devlin n'avait pas à s'inquiéter ; pour lui, aucune histoire d'amour n'était prévue dans les astres.

Il était temps de se plonger dans cette formation spécialisée sur les drones. Tous les hommes, présents, appartenaient aux meilleurs. Chacun possédait une compétence particulière : engins explosifs improvisés, tireurs d'élite, opérateurs de drones. Dans ce cadre, certains seraient instruits sur les modèles de base. Aujourd'hui, il s'agissait d'engins spéciaux. Devlin voulait participer. À l'avenir, les drones allaient devenir un équipement standard. Ce serait un sacré arsenal.

S'il trouvait l'ingénieur, il saisirait l'occasion de discuter avec lui, d'apprendre quelles étaient les avancées actuelles.

Devlin jeta un coup d'œil autour de lui et recula d'un pas. Les gars venaient de terminer la session d'enseignement du matin. Il se dirigea vers les drones. Plusieurs hommes échangeaient avec Mason. Lorsqu'il aperçut Devlin, il lui fit signe d'approcher.

Parfait. Il se présenta. Il obtint le nom du premier homme, Brent, qui ne semblait pas être l'ingénieur. Trois femmes étaient à proximité. L'une d'elles ajustait une télécommande dans sa main. Quant aux deux autres, elles pilotaient des drones. Il supposa qu'il y avait un problème avec l'un d'entre eux, car l'une d'elles avait du mal à diriger le sien.

Il avait envie de lui prendre la télécommande, de la relayer. Mais Devlin en savait probablement moins qu'elle sur ce sujet, puisqu'elle s'occupait déjà d'un drone.

À ce moment-là, son appareil fit un mouvement très erratique.

— Wow, dit-il.

Les hommes se tournèrent et observèrent.

L'un d'eux appela :

— Bristol, ramène-le.

— Nous ne pouvons pas, répondit-elle, en observant sa collègue ajuster la manette. Quelque chose ne va pas avec la télécommande.

L'autre femme secoua la tête et la tendit à Bristol.

— Merci, Morgan, dit-elle, en l'ouvrant.

Quoi qu'elle ait fait, cela stabilisa le drone. Habilement, Bristol, toujours aux commandes, le ramena pour un atterrissage parfait, sur le sol, devant eux.

De près, Devlin put voir que le drone mesurait deux à

trois mètres de long. Plus grand qu'il ne l'avait pensé. Dans le ciel, il ne semblait pas plus gros qu'un faucon ou un épervier.

À première vue, n'importe qui penserait à un oiseau.

Les hommes retournèrent à leur conversation. Devlin écoutait d'une oreille distraite, tout en observant les femmes installer des tables pour la formation de cet après-midi. Il y aurait, d'abord, une démonstration, puis une simulation sur ordinateurs et enfin ils composeraient de petits groupes pour travailler avec les drones, en condition réelle. Sous réserve que trois d'entre eux soient pleinement opérationnels. Si Devlin avait bien compris, ces dames étaient les instructrices.

Ça ne lui posait aucun problème. En général, il s'entendait bien avec elles.

Et elles l'appréciaient vraiment. Il faut dire qu'il était très aimable.

Ryder, en revanche, qui avait souvent tendance à être brusque, n'attendait pas avec impatience la formation. D'autant plus qu'il était en train de mettre fin à une longue histoire. Ça le faisait souffrir. En ce moment, il ne voyait pas les femmes sous leur meilleur jour.

Le pauvre.

C'était une autre raison pour laquelle Ryder ne voulait rien avoir à faire avec les Gardiens.

Devlin regarda rapidement autour de lui. Ne voyant aucune raison de rester, il s'éloigna du groupe, discutant toujours du programme de cet après-midi, pour se diriger vers les instructrices. Toutefois, avant qu'il ne fasse le prochain pas, deux militaires se placèrent devant lui.

— Je ne peux pas vous permettre de passer ce point, monsieur.

Il acquiesça. Mais garda un œil sur les trois dames. Il espérait obtenir celle aux cheveux blonds. Il avait toujours eu un faible pour les blondes.

Le tome 12 est disponible dès aujourd'hui !
Pour en savoir plus, visitez le site web de Dale Mayer.
https://geni.us/DMSFRDevlin

Note de l'auteure

Merci d'avoir lu *Brett, Légion d'honneur, tome 11* ! Si vous avez apprécié le livre, merci de prendre un moment pour laisser votre avis.

Chers lecteurs,

J'aime avoir de vos nouvelles, alors n'hésitez pas à me contacter sur mon site web : www.dalemayer.com ou sur ma page d'auteure Facebook. Pour être informés des nouvelles parutions et des offres spéciales, inscrivez-vous à ma newsletter ou suivez-moi sur BookBub. Si vous souhaitez rejoindre mon groupe de lecteurs, voici la page d'inscription sur Facebook.
http://geni.us/DaleMayerFBGroup

À bientôt,
Dale Mayer

À propos de l'auteure

Dale Mayer est une auteure de best-sellers au classement de *USA Today*, connue pour ses romances militaires sur les forces spéciales, sa série *Psychic Visions* et sa série *Jolis Jardins Maudits*, dans le genre cozy mystery. Ses romances contemporaines sont vibrantes d'émotion et de passion (série *Broken But... Mending, Hathaway House*). Ses thrillers vous laisseront à bout de souffle (séries *By Death* et *Kate Morgan*) et ses comédies romantiques vous feront rire aux éclats (*It's a Dog's Life*, une novella hors-série, et la série *Broken Protocols* avec Charming Marvin, le chat).

Elle laisse libre cours aux séries qui lui viennent… dont certaines sont carrément folles, enfreignant toutes les règles et croisant différents genres !

En plus de ses romans de fiction, elle écrit également des textes documentaires dans de nombreux domaines, dont la rédaction de CV, le jardinage de loisir et le système de crédit immobilier américain. Elle a récemment publié la série professionnelle *Career Essentials*. Tous ses livres sont disponibles aux formats papier et ebook.

Contactez Dale Mayer en ligne

Site web de Dale – www.dalemayer.com
Twitter – @DaleMayer
Facebook Page – geni.us/DaleMayerFBFanPage
Facebook Group – geni.us/DaleMayerFBGroup
BookBub – geni.us/DaleMayerBookbub
Instagram – geni.us/DaleMayerInstagram
Goodreads – geni.us/DaleMayerGoodreads
Newsletter – geni.us/DaleNews